건축의 신 6

반자개 장편 소설

초판 1쇄 찍은 날 | 2016년 11월 17일
초판 1쇄 펴낸 날 | 2016년 11월 24일

지은이 | 반자개
펴낸이 | 예경원

기획 | 위시북스
편집책임 | 박우진
편집 | 이즈플러스

펴낸곳 | 예원북스
등록번호 | 제396-2012-000132호
등록일자 | 2012. 7. 25
KFN | 제1-042호

주소 | 경기도 고양시 일산동구 호수로 646-24 위너스21 II 빌딩 206A호 (우)10401
전화 | 031-819-9431 팩스 | 031-817-9432
E-mail | yewonbooks@naver.com

ⓒ반자개, 2016

ISBN 979-11-5845-365-7 04810
        979-11-5845-549-1 (set)

반자개 장편 소설

WISHBOOKS MODERN FANTASY STORY

건축의 신

6

Wish Books

CONTENTS

건축의 신

38장
실시 설계(3)

최 이사는 우리 팀의 파티션 입구에 떡하니 서 있었다.

그는 깍두기처럼 머리를 짧게 깎고, 쥐색 양복 호주머니에 손을 낀 채 웃고 있었다.

작은 키지만 단단한 체구에 어울리는 이미지였다.

그의 모습을 본 순간, 팀의 분위기가 싸늘해졌다.

"뭐, 너무 긴장하지 말라고. 잡아먹는 것도 아니잖아."

전형적인 포식자의 분위기.

팀원들 하나하나의 얼굴을 훑어가며, 가장 안쪽에 위치한 박 부장의 책상으로 걸음을 옮기고 있었다.

건들건들 걸어가는 모양새가 산책이라도 온 모습이었다.

최 이사가 물었다.

"곽 이사는?"

"지방에 일이 있어서 안 계십니다."

"이 인간은 툭하면 출장이야. 내가 있는 날만 골라서 말야."

이죽거리면서 말을 이었다.

"자네들도 걱정이 많겠어. 뭐하면 우리 팀으로 와. 내가 확실하게 밀어줄 테니까."

그리고는 유일한 여자인 혜주에게로 눈길이 향했다.

"건설회사에 여자가 웬 말이야. 인사과는 정신이 있는 거야 없는 거야? 쯧쯧."

언짢아하는 그녀를 스쳐 지나가며 비릿하게 웃었다.

"얼른 남자 하나 잡아가지고 시집이나 가. 나대지 말고 말야."

"박 부장, 그때 바꿔놓으라고 한 건 수정했어?"

맡겨놓은 물건 내놓으라는 투였다.

박 부장이 씁쓰름한 얼굴로 대답했다.

"그건 이사님께서 지시하실 것이 아니라 판단됩니다."

"어허, 이런 답답한 사람을 봤나. 그러니까 자네가 만년 부장인 거야. 서로 좋게좋게 가자는 걸 왜 말을 안 들어. 어차피 곽 이사가 본다고 알겠어? 자네가 결정하면 끝나는 거잖아."

은근히 곽 이사를 깔아뭉개며 오히려 곽 이사를 설득하라는 강요였다.

"정히 곽 이사가 신경 쓰이면 내가 말한 대로 해. 곽 이사는 내가 설득할게."

"위에서 내려온 지시는 원도면의 구조를 최대한 살리라는 것이었습니다. 제가 임의로 판단할 일이 아닙니다."

"어차피 우리 팀에서 시공하게 될 거야. 괜히 힘 빼지 말자고. 현장에 들어가면 전부 수정되는 거잖아. 안 그래?"

박 부장의 얼굴이 꿈틀거렸다.

네가 아무리 노력해 봐야, 현장에서 바꾸면 끝나는 것을 뭐 하러 헛짓을 하느냐고 하는데, 기분 좋을 사람이 누가 있을까?

다른 사람들의 얼굴도 굳었다.

자신들의 수고가 이토록 폄하되는 것을 좋아할 사람은 아무도 없다.

노 과장에게 물었다.

"최 이사 말대로 최 이사가 진행하는 겁니까?"

"모르지. 그건 사장님이 결정하실 일이지."

"그런데 왜 저렇게 터무니없는 욕심을 내는 겁니까?"

"서 전무, 아니, 성훈 씨는 말해도 모르겠네. 그냥 대충 들어. 저 인간 윗선이 알래스카로 발령이 나버리면서, 입지가 줄었거든. 황 전무한테도 미운털 박혀서 오리 알 신세란 말야. 어떻게든 실적을 쌓으려고 발버둥 치는 거지."

'회사의 골치 아픈 이야기는 듣고 싶지 않은데.'

다행스럽게 노 과장도 별로 말하고 싶지 않은 듯했다.

"성훈 씨가 거기까지 알 필요는 없고, 하여간 실적에 목마른가 봐. 그리고 저 인간이 자신 있어 하는 것이 시공이기도 하고."

"그럼. 시공할 때 채가면 되는 거지. 왜 여기까지 와서 난리랍니까?"

"얘기했잖아. 저 인간이 새로운 거 엄청 싫어한다고."

"공기 단축은 핑계고, 사실은 신공법을 잘 몰라서 두려워하는 거 아닐까요?"

"설마! 하지만 여기가 어디냐? 현재야. 현재."

능력이 없으면 살아남지 못한다는 대기업.

저렇게 살아남는 것도 능력이다.

부장의 책상에 있는 도면을 최 이사가 집어 들었다.

"뭐야. 변경된 게 별로 없네. 하이구, 이것도 구조라고 한 거야? 쯧쯧."

그는 박 부장의 얼굴을 한심하게 쳐다보며 말했다.

"이 상태로 현장에 가져가면, 현장에 맞게 설계 변경을 하느라고 얼마나 힘이 드는지 자네들이 알기나 해?"

"변경하실 필요 있겠습니까?"

"야, 네가 현장을 알아? 현장을 개뿔도 모르는 것들이 책상머리에 앉아서 일을 하면 이런 일이 발생을 하는 거야. 꼴랑 몇 년 현장하고 나니, 현장이 쉬워 보이지?"

"그런 말씀이 아니잖습니까? 이사님. 충분히 검토를 했고, 승인도 받았습니다."

"검토? 승인? 흥. 너 실적 챙기자고, 현장에서 처음 보는 공법으로 변경하는 수고를 해야겠냐? 직공들 다 굶겨 죽일 셈이냐? 넌 새끼야. 부장씩이나 달고 있는 새끼가 왜 이렇게 생각이 없냐? 엉!"

"이사님."

최 이사는 설득하려는 박 부장의 말을 막았다.

"야, 이렇게 스팬(다리, 건물, 전주 따위의 기둥과 기둥 사이 간격)이 길어서는 문제가 생길 수밖에 없어."

"그래서 와이어로 매달지 않았습니까? 충분히 하중 버틸 수 있습니다."

"그래서 문제 생기면!"

"문제 안 생깁니다! 다른 현장에서는 이 공법으로 잘만 쓰고 있습니다. 문제는 없다는 말입니다."

"그래서 중간에 삐걱거리고, 공기 다 잡아 처먹냐? 새로운 공법? 지랄하고 앉아 있네? 이러나저러나 하중받는 거 똑같고, 콘크리트로 덮어버리면 다 똑같아."

최 이사가 버럭 역정을 냈다.

"와이어 빼고 그 자리에 기둥 하나 박자는 게 뭐가 그리

큰일이라고, 그것 못 해?"

박 부장이라고 할 말이 없을 리 없었다.

옳다고 생각했기에 시도했고, 밀어붙인 일이었다.

시험 과정에서 아무리 능숙하게 시공을 했다고 해도, 현장에서는 미처 생각지 못한 변수들이 있게 마련이다.

"처음으로 시도하는 현장에서 그 정도는 다반사 아닙니까? 그리고 결과도 괜찮았습니다. 으레 있는 일을 가지고 너무 비약하시는 것 같습니다."

"그러니까. 좀 더 봐야지. 안정성이 검증이 되야 쓰든지 말든지 할 거 아니냐? 이제 처음 썼는데, 무슨! 그러니까 그건 다음 현장에나 쓰자고. 현장에서 잘 쓰는 게 있으면 그걸로 맞춰줘야 하는 거 아니냐고. 내 말이 틀려?"

"과장님. 최 이사 말이 무슨 말입니까? 당최 이해가 가질 않습니다."

노 과장이 그럴 줄 알았다는 표정을 지었다.

"자기 현장에는 검증된 공법을 쓰겠다는 거지."

"그게 무슨 문제가 있습니까?"

검증된 공법으로 안정적으로 진행하겠다는 것은 아무런 문제가 없어 보였다.

"그 검증이 최소 5년은 지나야 안정적이라는 게 문제지."

"5년 전에 쓰던 공법을 쓴다고요? 왜요? 굳이 저렇게 구조 변경을 하향 조정해야 하는 겁니까?"

최 이사는 위험하다는 이유로 중간에 기둥 하나를 더 넣자는 말을 하고 있었다.

"과장님, 최 이사가 말하는 저게 공기 단축에 도움이 됩니까?"

"공기 단축보다는 안 해본 걸 하기 싫어서 그러는 거지."

기둥이 촘촘히 박히는 게 싫어서 일부러 고민하면서 보를 와이어로 매다는 공법을 적용했었다.

내 나름대로는 굉장히 고민한 방법이었다.

'그걸 지금 시도도 안 해보고 무산을 시키겠다고.'

저래서 무슨 발전이 있을 것인가?

내가 보기에 실적을 위해 목숨을 거는 것은 최 이사였다.

기둥이 굵어지든지, 외관상의 미적인 부분을 포기하든지 간에 어떻게든 현장을 완성시켜서 자기 실적을 챙기겠다는 심보였다.

"저러다가 벽도 내력벽으로 하자고 할 것 같은데요."

내력벽은 주로 아파트 건설을 할 때 많이 사용하는 구조벽 형식이다. 기둥 대신 벽에서 하중을 받는 시스템이다.

쓰면 안 된다는 규칙은 없지만, 기둥이 굵더라도 스팬을 넓혀서 넓은 공간을 만들어야 하는 고층 빌딩에서는 거의 사용하지 않는다.

나와 노 과장이 속삭이는 와중에도 최 이사의 열변은 계속되었다.

　"쉬운 길 놔두고, 왜 이렇게 복잡하게 만드냐 그거지. 내 말은! 중요한 건 결과야. 결과!"

　그가 말하는 결과란 무엇일까?

　최 이사의 말이 이어졌다.

　"설계, 구조, 다 현장을 위해서 존재하는 거야. 시공하기 위해서 존재하는 거라고. 현장이 결과라고!"

　"현장을 편하게 돌리기 위해서, 니들이 존재하는 거라고. 알아? 현장이 없으면 니들도 다 필요가 없어."

　현장시공을 제외한 모든 것을 부산물로 취급하고 있었다.

　나도 현장에서의 효율을 지극히 생각하는 사람이지만, 그의 말은 과한 부분이 있었다.

　작품을 현실화시키기 위해 정확한 시공에 중심을 두는 것이지, 저 말대로라면 시공을 하기 위해서 설계를 한다는 말과 뭐가 다른가?

　최 이사의 말이 이어졌다.

　"자네들이 생각 없이 똥 싸질러 놓은 거 현장에서 얼마나 개고생하면서 치우는지 알기나 알아?"

　최 이사의 말은 억지가 다분했고, 다소 역겹기까지 했다.

　'철저하게 자기중심적인 생각이잖아.'

새로운 공법의 적용을 거부한다. 이해할 수 있다.

어떻게든 건물을 올리는 것은 똑같다? 이해할 수 있다.

시공을 위해 다른 모든 것이 존재한다? 무슨 개소리냐!

나날이 발전해도 선진국들을 따라잡기 어려운 판국에, 이 무슨 시대 착오적인 사고방식이라는 말인가?

그래도 미친개라는 별명에는 어울리지 않았다.

'다른 이유가 있는 것인가?'

노 과장에게 물었다.

"과장님, 지금 말하는 거 들어보니, 그렇게 미친개 같지는 않은데요."

"그야. 여기는 현장이 아니잖아."

"다른 이유가 있나요?"

"자기가 하라는 대로 했는데 안 하면 말야……"

내가 외부인이라서 말하기를 꺼리는 것인가?

"어차피 알아야 상대하죠. 어떻게 되는데요?"

"현장에서 시공을 하면서 담당자를 불러내."

"네? 왜요?"

현장에서도 시공하는 직공들이 있을 텐데. 직공들이 훨씬 더 시공을 잘할 텐데 담당을 불러낼 이유가 뭐라는 말인가?

노 과장이 어이없다는 듯 웃었다.

"직접 해보라고 하는 거지. '네가 이렇게 만들었으니까. 네가 제일 잘 알겠네'라면서 말야."

"치졸하네요."

개념을 잘 안다고 해서, 그걸 가장 잘한다는 게 말이나 되는가? 그럼 체육학 박사는 100m를 10초 안에 다 뛰어야 하는 거냐?

"그런데 그게 통해요?"

"어떡하냐. 그것 때문에 현장에서 일 진행이 안 된다고 난리를 치는데. 그냥 현장에서 개망신을 주는 거지. 이게 뭐하는 거냐고 대들었다가는 그 자리에서 박살 나는 거지. 미친개가 그냥 나온 별명이 아니야."

하긴 누군들 안 해봤을까?

나도 현장 출신이었다. 지난 삶에서 말 안 통하는 상대가 있을 때, 가끔 이런 말을 했었다.

'씨발 놈아. 그렇게 잘하면 네가 와서 직접 하든가!'

속이 상하니까 하는 말이지, 정말 실행한 적은 없다.

그리고 그런 사람도 거의 없다.

'현장 상황이 얼마나 답답했으면 내가 그런 말을 했겠니. 다른 방법을 생각해 봐라'의 강한 표현일 뿐이다.

현장과 데스크 사이에 문제가 발생했을 때, 거의 대부분은 서로를 설득하면서 풀어나간다.

그런데 그걸 직접 실행하는 미친놈이 있을 줄이야.

아무리 짜증 나는 상황이라고 해도, 시켜도 될 것이 있고 안 될 것이 있다.

'그걸 구분 못 해서 '미친개'라는 별명이 붙은 모양이네.'

우리 얘기가 끝나갈 때 즈음, 최 이사는 이런 말을 하고 있었다.

"그렇게 잘 아니, 시공도 잘하겠다. 그치?"

박 부장이 슬슬 열이 받고 있었다.

"최 이사님, 지금 저 협박하시는 겁니까?"

"뭐! 협박? 이거 말하는 꼬라지 봐라. 그게 상관한테 할 말이냐? 어이가 없어서."

최 이사의 상스러운 말이 이어졌다.

"야. 이 새끼야! 상관이 하라면 하는 거지. 무슨 잔소리가 그렇게 많아? 넌 뭐, 용가리 통뼈라도 삶아 먹었냐? 병신 같은 것들이 현장은 좆도 모르면서 나대기는 존나 나대요."

침만 안 뱉었다 뿐이지 하는 말은 양아치 수준이었다.

최 이사가 박 부장의 이마를 손가락으로 툭툭 밀고 있었다. 대기업, 중소기업, 방법만 좀 다를 뿐이지. 하는 짓은 별반 다를 바가 없었다.

꼭 저렇게 나이든 사람을 후배들 앞에서 망신을 줘야 하는 건가!

'의리가 있다고 하길래, 잘 꼬드겨서 같이 해볼까 했는데. 휴!'

일말의 기대를 품은 내가 바보 같았다.

넌 폐기 처분이다.

박 부장이 할 말이 없어서 저러고 있겠는가?

눈가의 주름이 부르르 떨리는데도 그는 참고 있었다.

최 이사의 치졸한 복수의 대상은 자신, 아니면 노 과장이 될 것을 뻔히 알기 때문이리라.

노 과장이 말했다.

"나 아는 선배가 고집 세우다가 현장에서 그 망신을 당하고 회사 관뒀어."

회사에서 부하 직원을 혼낼 때, 생각이 있는 상사라면 함부로 꾸지람하지도 않지만, 정말 화가 났을 때는 따로 불러서 꾸중을 한다.

부하 직원들이 있을 때, 그를 혼낸다는 것은 그가 앞으로 부하 직원들에게 상사로서 존중받지 못한다는 것과 같다. 부하 직원들은 알게 모르게 그를 동급 내지는 아래급으로 취급하게 된다.

"나야 뭐. 부장님하고 친하고, 오른팔인 거 다들 아니까 상관없지만, 현장에서 그 꼴 당했다고 생각해 봐. 소름이 끼친다니까."

"그 후에는 그분이 현장에다가 무슨 말을 해도 안 통하겠군요."

권위를 잃은 상사의 말을 누가 듣겠는가? 또한 그렇지 않다고 해도, 자기 스스로 자존심이 상해서 피해망상증이 생긴다.

'내 앞에서는 예. 예. 해도, 뒤에서는 비웃겠지.'

이런 식으로 말이다.

노 과장이 속삭였다.

"그렇지. 마녀사냥이나 마찬가지야."

"미친개라고 하는 이유가 있네요."

우리는 미친개의 날뛰는 꼴을 보고 고개를 끄덕이고 있었다.

그 말을 들은 한혜주가 끼어들었다.

"최 이사님, 너무하신 거 아니에요?"

'눈치도 없이, 얘는 또 왜 나서는 거야?'

그녀의 입을 잽싸게 틀어막았다.

생각해 보라.

남자들만 득실득실한 곳에서 여자 목소리가 얼마나 튀게 들릴지를.

최 이사가 우리 쪽을 슥 하니 돌아봤다.

"어떤 놈이야?"

반사적으로 한혜주의 몸이 움찔거렸다.

그녀 앞으로 나서며 혜주에게로 향하는 최 이사의 시선을 막아섰다.

'이제 박 부장도 저기까지가 한계치인 것 같네.'

박 부장은 내 요청을 잘 이뤄냈다.

'최 이사님이 어떤 분인지 직접 겪어보고 싶습니다.'

그리고 최 이사를 보면서 이런 생각을 했다.

'진상이네. 개진상. 그렇게 회사 생활 하고 싶냐?'

저런 인간의 공통점이 있다.

자기 잘난 맛에 살며, 자신의 저런 영웅적인 행동이 팀에게 이득이 되고, 부하들은 자신을 존경한다고 생각한다.

'물론 시공 쪽에서는 좋아라 하겠지. 뒤에서는 욕하겠지만. 더 볼 것도 없네.'

지금까지 저런 말을 들은 내 귀가 불쌍했다.

내가 직접 겪은 최 이사는 쓰레기였다.

재활용하면 다른 재료까지 썩게 만드는 그런 쓰레기.

상대에 대한 존중이 없는 것은 무엇이든, 어떠한 이유로든 용납될 수 없다. 일은 사람이 하는 거니까!

최 이사에게 말했다.

"이사님, 질문이 있습니다."

최 이사가 말했다.

"뭐냐. 넌? 못 보던 놈인데."

머리가 길어서 못 알아보는 것일까?

너무 바쁘게 올라오는 바람에 해외여행 동안 길었던 머리를 자르지 못했고, 올라와서는 야근을 하느라 이발을 못 했었다.

"하고 다니는 꼬라지하고는, 니가 히피족이냐?"

개가 짖는 소리에 일일이 기분 나빠할 이유가 없다.

"안녕하십니까? 김성훈입니다."

"누가 니 이름 물었냐? 정체가 뭐냐고?"

"저번에 뵀었는데, 기억 못 하시나 봅니다. '밀레니엄 스타타워' 원설계자입니다."

"원설계자? 그 싸가지."

'돌대가리는 아닌 모양이네.'

"네, 맞습니다."

"그런데. 여긴 웬일이야? 맡겼으면 가만히 있으면 될 일이지."

"맡겨놓고 잘되는지 잠을 잘 수가 있어야죠. 확인하러 왔습니다."

"흥. 믿지 못하면 맡기지 말고, 맡겼으면 믿어라. 그런 말 몰라? 학생."

학생이 낄 자리가 아니라는 말을 지지리도 비꼬면서 한다.

그때도 그랬었다.

말은 '계약을 하러 왔습니다'였지만, 태도는 '현재에서 계약을 해주러 특별히 행차를 했다. 내놔 봐라'였던 것으로 기억을 한다.

오는 말이 고와야 가는 말이 곱다.

'하지만 한 번은 참자.'

"믿음과 신뢰가 쌓이려면 많이 만나봐야 할 것 아닙니까."

"흐흐. 그 학교에는 그렇게 인재가 없나. 현재건설에 대표로 올 만한 사람이 자네 같은 학생밖에 없나? 아니면 자네 정도로 현재 정도는 커버할 수 있다. 그런 자신감인가? 흥."

한마디로 참 많은 것을 말하고 많은 것을 비웃는다.

'햐. 최 이사. 정말 복장 터지게 말 잘하네. 울컥하는데!'

"어느 학교인지, 누군지가 중요하겠습니까? 그냥 제 설계가 잘 적용되고 있는지 확인하러 온 것뿐입니다."

"난 처음부터 탐탁지 않았어. 외국의 유능한 건축가도 아니고, 이름도 모르는 나부랭이들이 한 걸 우리 손으로 지어주다니. 고새를 못 참아서, 쯧쯧."

정말 어이가 없었다.

필요하다고 사갈 때는 언제고, 지금 와서 지어준다고?

'계약 파기 한다고 현재 사장에게 말해볼까? 왜냐고 물으면, 최 이사가 꼴 보기 싫어서 못 하겠다고 하고?'

하지만 그러기에는 너무 가볍다.

내가 느낀 모욕에 대한 대가로는!

'엄마 뒤에 숨어서 고자질하는 것도 아니고. 쳇.'

그 생각이 들었다는 자체가 부끄러웠다.

최 이사는 뭔가 착각을 하고 있다.

계약이 되었으니, 자기 뜻대로 할 수 있다고.

어쩌면 5억이라는 돈을 받았으니, 현재와의 계약을 포기할 리가 없다는 생각 말이다.

다른 사람이라면 충분히 타당성이 있는 말이고, 항상 갑의 입장을 고수해온 사람이니 그럴 수 있다.

내가 먼저 계약 파기라는 수를 내밀 수도 있다는 것은 생각도 안 하는 모습이었다. 현재는 지금까지 을이었던 적이 거의 없다. 적어도 국내에서는 말이다.

그렇다고 나부랭이 소리를 듣고도 '네, 네' 할 정도로 내 성격이 무난하지는 못했다.

"그 나부랭이 하나도 설득 못 하셔서 돌아가신 분 입에서 그런 말이 나올 줄을 몰랐습니다."

깍두기 얼굴이 인상을 팍 쓰니 제법 분위기가 나왔다.

다들 어떤 결과가 나올지 몰라서 안절부절못했지만 아까와는 다른 분위기였다.

적어도 '아까처럼 일방적으로 두드려 맞지는 않겠지'라는 약간의 희망이 있는 정도.

"뭐야?"

"남자답게 깨끗하게 포기하실 줄 알았는데, 미련이 남으신 모양입니다."

그는 나이 생각을 하며, 관록과 체면을 중시하는 중년 남자가 아니었다.

그가 뚜벅뚜벅 내게로 다가왔다.

"이거이거. 참 대단한 친구네. 그래 원설계자 좋지."

점점 다가올수록 그는 점점 올려다보고 나는 내려다본다.

그렇게 다가오면 겁먹을 거라고 생각하는가?

내가 당신 아래 직원이라면 그럴 테고, 현재건설에 목멘다면 그렇겠지.

"정말 제대로 된 말씀을 하시려면, 구조에 대한 비난을 하지 마시고 비판을 해주시지요."

"내가 지금까지 한 것이 비판이 아니다?"

"……"

"왜 말을 못 하나?"

'어이가 없어서?'

이때는 정말 한 대 때려주고 싶었다.

"최 이사님, 국어 공부 다시 하셔야겠습니다. 훗."

그를 코앞에 두고 비웃음의 콧김을 내뱉었다.

그의 뺨이 꿈틀거린다.

'안타깝겠지. 한 방 날릴 수 없는 것이.'

나는 아주 온화하게 웃었다.

싸가지가 없다고? 어른하고 말하는데?

노인 공경? 그건 지하철에서 해야 할 행동이다.

일 얘기 하는데 위아래가 어디 있나?

맞는 말이면 수용해야 하는 거지.

애를 달래듯 나긋나긋 말했다.

상대가 화를 낸다고 같이 화를 내면, 똑같은 놈이 되는 것 아니던가?

"이사님이 말씀하신 곳에 기둥을 떡하니 박아 놓으면 얼마나 건물이 폼이 안 나겠습니까?"

"폼 내려고 안전을 포기하겠다."

"그래서 떡하니 세련되게 와이어 하나 걸어놨습니다. 못 보셨습니까?"

"녹슬면 어쩌려고."

"방청 처리 제대로 하면 됩니다. 현장에서 잘하면 되는 거지요."

"지금까지 전례가 없잖나?"

"왜 전례가 없다고 생각하십니까? 홍콩의 상하이은행이 제 공법과 비슷한 방식으로 진행이 되었습니다."

"이것 봐. 한국에서는 전례가 없다는 말이잖아."

"왜 한국에서는 못 한다고 생각하시는지? 현재건설이 능력이 안 된다고 생각하지는 않습니다만."

"어허. 선무당이 사람 잡는다더니. 코딱지만 한 기숙사 하나 하더니, 자신감이 하늘을 찌르네. 흐흐흐."

최 이사는 어금니를 꽉 깨물며 너털웃음을 가장했다.

"왜 그렇게 시공을 하면 안 되는지, 제대로 말씀을 하셔야지 제가 납득을 할 것 아닙니까? 단지 이사님께서 하기 싫다고 해서, 1970년대 구닥다리로 시공을 하시면, 저는 그렇게 변경하고 싶겠습니까?"

최 이사는 어떤 이유로든 내게 지고 싶지 않았던 모양이다.

"이건 자네 같은 애송이가 끼어들 영역이 아니야. 여기는 실무자의 영역이라고."

"원설계자 보고 끼어들지 말라니. 그 말씀은 납득을 못 하겠습니다."

'주면 주는 대로 받아 처먹어라. 그런 말인가?'

지금 그와 나는 코가 닿을 거리에서 말을 하고 있다.

최 이사는 목이 꽤나 아프겠다.

나와 그의 키 차이는 20㎝가 넘는다.

최 이사가 독기 어린 음성으로 말했다.

"자네가 구조설계에 대해서 뭘 안다고 그렇게 나대는 건가?"

이 말에는 우리 팀 인원 모두가 얼굴이 벙졌다.

원설계자에게 대놓고 할 말은 아니지 않나?

'흥분해서 돌아버린 건가?'

짜증이 날 정도로 앞뒤 구분을 못 한다. 안 하는 건지도.

학생이라고 해도, 구조대전에서 대상을 탈 정도면 아무리 몰라도 구조의 ABC 정도는 안다고 생각하는 것이 상식이 아닌가?

"구조설계에는 허용응력 설계법과 극한 강도 설계법, 그리고 한계 상태 설계법이 있지요."

"흥. 공부 좀 한 모양이지."

오는 말이 고와야 가는 말도 곱다.

"뭐 이런 게 아는 축에나 끼겠습니까? 학교에서 다 배우는 건데요."

나의 이죽거림에도 그는 아무런 대답이 없었다.

"아, 죄송합니다. 모르실 수도 있겠군요. 이사님께서 공부를 하실 때는 우리나라가 건설 후진국이라, 허용응력밖에 안 배우셨을 텐데. 제가 착각했습니다."

실제로 우리나라는 건설에 있어서도 후진국이다.

이 시절 건축 기술의 대부분은 미국이나 유럽, 일본에서 하는 것을 따라했다고 알고 있다.

극한 강도 설계법은 일부에서 좀 사용되는 정도였고, 한계 상태 설계법은 1996년인가 1997년인가에 일부에 도입되어 실용화가 시작한 것으로 기억한다.

박 부장이나 노 과장처럼 구조설계에 아주 관심이 있는 사람이라면 알 수 있겠지만, 현장에서만 생활하던 최 이사가 알고 있다고는 생각할 수 없었다.

"제가 잘 몰라서 그렇습니다만, 혹시 아신다면 한계 상태 설계법에 대해 설명 좀 해주시겠습니까?"

내가 뭘 묻는지는 최 이사가 더 잘 알고 있으리라.

내 예상대로 최 이사는 답하지 못했다.

이름은 들어봤다고 말하면, 정확히 모른다고 인정하는 꼴이고, 안다고 대답하면 설명을 해달라고 할 테니까.

그는 그 개념을 알더라도, 정확히 모르는 것이 확실했다.

부르르 떨고 있는 최 이사에게 진지하게 사과했다.

"모르실 줄은 정말 몰랐습니다. 죄송합니다."

뿌드득.

선명하게 울려 퍼지는 그의 어금니 소리를 들으며 말했다.

'듣는 쪽에서는 훈계조로 들을 수도 있겠지만.'

"계속 발전해야지. 매번 1970년대에 쓰던 공법이나 써서 무슨 발전이 있겠습니까?"

그에게 한 걸음 다가섰다.

반면 최 이사는 나를 올려다보며 한 걸음 물러섰다.

"최 이사님. 제가 원설계자입니다. 그리고 제가 저작권 가지고 있구요. 그건 아시죠?"

"그래서! 검증되지도 않은 공법을 가지고 현장을 진행하겠다는 말인가?"

"검증은 받겠습니다. 우려의 말씀은 감사합니다만, 정녕 관심이 있으시고, 제 공법이 잘못되었다고 생각되신다면, 현장에서 얼마나 고생을 하느니, 이 팀에 똥을 싸질렀느니, 전혀 제가 이해할 수 없는 그런 비난을 하지 마시고, 왜 뭐가 문제가 되는지, 하나하나 제가 이해할 수 있게 비판을 해주십시오."

"검증을 어떻게 받겠다는 건가?"

"국가에 검증을 받을 수도 있고, 정 미덥지 못하면 최 이사님께서 해주시든가요?"

"내가 왜 그래야 하는데."

"그럼 이 설계대로 누군가는 시공을 하면 됩니다. 군소리

없이요.”

'속으로 계산을 하고 있겠지.'

박 부장이 걱정스런 눈빛을 보냈다.

'너무 몰아붙이는 것 아니야?'라며.

괜찮다. 나는 일부러 몰아붙이고 있었다.

이 사람들에게는 실적이 달린 생사패일지 몰라도, 내게는 꽃놀이패다.

내가 계약을 포기한다고 잃는 것? 기껏 돈 몇 푼? 그걸 포기하더라도, 네놈만큼은 반드시 망가뜨려 준다.

왜 이런 생각이 가능하냐고?

현재 사장은 여기에 사활을 걸고 있다. 신문과 매체에 대대적으로 광고까지 때렸거든.

'경남건축대전 대상'에 빛나는 작품을 현재건설에서 시공한다고.

그래서 미래를 보며 경영하는 기업이라며. 언론에 스포트라이트를 받았다는 말이다.

그런데 이걸 포기한다고? 최 이사를 자르는 게 훨씬 이득이지.

'최 이사, 당신을 잠깐 실수한 거지만 당신 습관이 스스로를 죽이는 거야.'

나는 그에게 도망갈 구멍을 만들어 주었다.

벌게진 얼굴로 최 이사가 돌아섰다.

"다시 오지."

박 부장이 심히 걱정된다는 얼굴로 내게 물었다.

"어쩌자고 저렇게 도발을 했나?"

"저 정도면 제대로 준비를 해서 오겠지요?"

"그게 문제가 아니야!"

"그럼 뭐가 문제입니까?"

"이러다가 자네 설계대로 안 될 수도 있어?"

이 사람들과 나의 차이점이다.

나는 설계로 보고, 이 사람들은 실적으로 본다는 것.

"부장님은 이걸로 무조건 가려고 하셨습니까?"

"그럼?"

"최 이사 말마따나, 현장에서 딴지를 걸 수도 있는 이런 공법으로요?"

"그럼 애초에 이 공법을 고집한 이유가 뭔가?"

"전 제 설계대로 하고 싶은 마음 없는데요? 기본으로 잡은 거죠."

"그게 무슨 말이야?"

"솔직히 저걸로 어디 가서 자랑하겠어요?"

"다른 방법이라도 있는 건가?"

"그 방법을 연구하러 최 이사님이 달려가셨잖아요. 흠이 될 만한 부분을 필사적으로 찾겠지요."

"그럼……."

"우리는 그 부분을 보완하면 됩니다."

박 부장은 어이없는 웃음을 흘린다.

"어허이, 이 친구 보게나."

"현재의 제대로 된 기술력으로 제 어설픔을 보완해야죠."

난 내 설계를 고집할 생각이 없다.

지금의 설계는 개념을 도식화해 둔 것에 불과하다.

판타지를 현실로 만들기 위해서는 현실에 맞는 보완이 필요하고, 그 보완은 끝없는 머리싸움에서 나온다.

최 이사는 실적에 목말라 있다.

최 이사는 자기 편의대로 현장을 진행하고 싶어 한다.

최 이사는 나를 지극히 싫어할 것이다.

최 이사는 철저하게 준비를 해올 것이다. 자신의 역량을 다해서.

'최 이사, 껍데기를 벗겨 먹어주지.'

최 이사는 사라지면서도 그의 존재를 사방에 알렸다.

"뭘 봐! 새끼들아. 구경났어. 일 안 해! 확!"

30m가 넘는 로비를 걸어가는 동안, 사람들의 시선이 최 이사 뒤통수를 좇았다.

그가 문을 열고 사라지자, 각 파티션의 부장들과 과장들이 우리 파티션으로 모여 들며 엄지를 세웠다.

"아! 진짜 속이 시원하다. 야, 노 과장. 쟤 뭐냐?"

"박 부장님. 저거 뭐 하던 친굽니까? 이 팀 신입입니까?"

"혜주 씨도 받아 놓고, 또 데려가면 어떡합니까?"

어떤 사람은 내게 직접 컨택을 시도했다.

"자네는 이름이 뭔가? 어느 대학 나왔어?"

신상부터 시작해서, 최 이사의 복수를 염려하는 사람까지 잠시 업무가 마비될 정도였다.

박 부장의 고함으로 상황이 종료되었다.

"다들 주목! 최 이사 이빨 갈면서 가는 거 봤지? 나 이번에 실패하면 모가지 내놔야 된다. 도와줄 거 아니면 다 꺼져! 얼른!"

나를 둘러싸고 있던 사람들이 다들 자기 자리로 돌아갔다.

박 부장이 나를 보며 피식 웃었다.

"잘했어. 성훈 군."

좌중을 보며 말했다.

"자, 다들 회의실로 집합. 싸움은 이제부터야."

"자, 그럼 어느 부분부터 보완해야 할지 말해봐."

'흠. 이건 내 생각과는 다른데.'

부장에게 말했다.

"부장님, 반대로 가시죠."

"그게 무슨 말이야."

"어떤 부분에 흠이 있는지, 안 보이면 보일 때까지 쪼개서 확인해 보시죠."

"그게 무슨 말인가? 우리는 방어해야 하는 입장이야."

"지피지기백전불태(知彼知己百戰不殆)."

"그건 병법의 기본이지. 그런데."

"적을 아는 것도 중요하지만, 지금은 적이 어디를 공격해 올지 아는 것이 더 중요하지 않을까요?"

"그래서 방어를 하는 거잖아."

"어떻게 공격할지를 알아야 방어를 하죠. 백 명의 경비가 도둑 하나를 못 막는다고 했습니다. 저 작품을 걸어놓고, 우리가 공격을 해보죠."

"저거 자네 작품이야. 알지?"

자기 작품인데 어찌 소중하지 않겠는가?

하나 나중에 다른 놈에게 작살이 날 거라면, 지금 내 손으로 박살 내보고, 미리 답을 찾아두는 게 낫다.

연습 게임에서는 몇 번을 죽어도 된다. 연습 때 땀 한 방울은 실전의 피 한 바가지라고 누군가 말했다.

"저걸 최 이사 작품이라고 생각하고 일단 작살 내버리죠. 그럼 흠도 보일 겁니다. 보완으로 안 될 거라면 처음부터 새로 만들 각오도 하고 왔습니다."

"쩝. 나중에 섭섭하다고 원망하지 말게."

심각한 박 부장의 말에 입술을 쪼개며 웃어주었다.

"그럴 일 없을 겁니다."

"자, 모두 성훈 군 말 들었지? 시작해 봐."

하지만 잠시 동안 침묵이 흘렀다.

이유는 나 때문이었다. 당사자 앞에서 뒤통수 까기니까.

"부장님, 그럼 저부터 할게요."

"엉?"

괘도에 걸린 도면을 잠시 보다가 말했다.

"전 아무래도 이 바닥슬래브가 걸립니다. 중공슬래브로 시공을 하니, 자체 하중은 많이 걸리지 않는다고 해도, 그 스팬이 너무 넓어요. 두께가 충분하다면 버텨내겠지만, 층고(層高)를 낮춘답시고 최대한 얇게 바닥을 얇게 했거든요. 약간만 주의를 놓쳐도 크랙이 갈게 뻔한데. 현장에서 이런 정밀 시공이 가능하겠습니까? 현장에 도면을 보낼 때는 초등학교 졸업자가 시공을 해도, 실수하지 않을 도면을 만들어 보내야 하는 거잖아요. 안 그래요? 부장님?"

멍하니 듣던 박 부장이 고개를 끄덕였다.

"응. 그래. 그건 자네 말이 맞지."

'꼭 자아비판 같네!'

그 뒤로도 전혀 내가 디자인했다고는 믿을 수 없을 정도의 신랄한 혹평을 가했다.

사람들의 시선이 나를 향했다.

'저거 정말 저 친구가 만든 거 맞아? 철천지원수가 만든 거 아냐?'

이런 의문의 시선 말이다.

나 스스로 지적을 하면서도 놀랐다.

'이렇게 보니까, 정말 많네.'

이 디자인을 고수해서 시방서를 만들었을 거라고 생각을 해보니 등줄기에 소름이 쫙 끼쳤다.

보는 관점에 따라서 모든 것은 명암이 갈리는 것이다.

'역시 난 현장 체질인가?'

그 뒤로는 일사천리였다.

눈에 불을 켜고 약점들을 찾아냈다.

디자인에 대한 비판이 쏟아졌다.

너무 구조적 미관에만 신경을 쓴 거 아니냐?

풍하중을 적게 받으려고 충고를 낮게 한 건 좋은데, 지진이라도 오면 어떻게 할 거냐?

대책은 있는 거냐? 정말 와이어밖에 대책은 없었냐?

막말로 욕 빼고는 다 나왔다.

'햐. 이 사람들 봐라. 최 이사는 아무것도 아닌데?'

회의는 점심시간까지 이어졌다.

각자 앞에는 주문한 도시락을 놓고 젓가락질을 하면서도 눈은 박 부장과 노 과장을 향하고 있다.

모두 긴장된 눈빛이지만 겁먹은 표정은 아니었다.

"최 이사가 아무리 지랄해도, 나한테 하겠지. 니들한테 할 거 아니니까. 괜히 긴장할 필요 없어. 알았어?"

"네!"

힘있는 대답이 이어지고, 박 부장이 말했다.

"성훈 군 말처럼 어차피 완벽한 구조는 없다. 어떻게 보완할지만 알면 된다. 답이 없으면 문제겠지."

앞의 된장국을 마시면서 말을 이었다.

"후루룩. 자. 지적할 수 있는 부분을 말해봐. 순서 상관없이. 아무나 생각나는 대로 말해."

반찬 냄새가 진동을 하는 회의실에 열정이 흘러넘쳤다.

혜주 또한 열심히 그 토론에 참가했다.

하지만 안타까웠던 것은 현장의 경험이 뒷받침되지 않아 이론적인 분석으로만 그쳤다는 점이다.

'하고자 하는 의욕은 좋군.'

다른 것은 글로 배우고 말로 배울 수 있지만, 경험은 스스로 체득하지 않으면 그 깊이를 알 수 없는 것이다.

어쩔 수 없다. 신입의 한계다.

노 과장이 말했다.

"야, 성훈 씨. 아까 그게 얻어 걸린 게 아니었네."

"뭡니까? 그럼 제가 잘 알지도 못 하면서 구라 쳤다는 말씀이세요?"

장난스럽게 오버하는 내 대답에 노 과장도 방어 자세를 취하며 뒤로 슬슬 물러났다.

"야, 성훈 씨. 그렇게 잡아먹으려고 하지 마. 최 이사 같아."

그러면서 노 과장은 최 이사 첫 등장을 흉내 내었다.

고개 왔다 갔다 하면서, 오지명 버전으로 말이다.

"뭐. 너무 긴장하지 말라고. 잡아먹는 것 아니잖아."

회의실에서 웃음이 터져 나왔다.

혜주도 내 옆에서 보고 있다가, 웃음이 터져 나오자, 내 등짝을 손으로 마구 때렸다.

'아윽, 고사리 같은 손이 왜 이렇게 매워!'

노 과장이 웃으면서 말을 이었다.

"그냥 그렇다는 말이지. 여기 성훈 씨가 한계 상태 설계법, 그거 알 거라고 생각한 사람 있었어?"

아무도 대답하지 않고 고개를 저었다.

과장이 저거 보라며 말을 이었다.

"봐! 이게 일반적인 반응이야. 자넨 졸업하면 꼭 우리 팀으로 와라. 내가 저놈들 제쳐 놓고 바로 대리로 올려줄게. 응?"

우리들은 짓궂게 장난도 치면서 금방 친해졌다.

"자자. 이제 장난은 그만하고."

박 부장의 말에 모두의 시선이 쏠렸다.

"최 이사 팀에 박 과장 알지? 박 과장이 공격의 주축이 될 거야. 녀석이 어떻게 나올지는 대략 추측이 됐겠지?"

"네!"

"모두 각자가 할 일은 알 거라고 믿는다. 각 부분에서 시공할 때 걸리적거릴 수 있는 부분이나, 최 이사 쪽에서 이의를 제기할 수 있는 부분들은 보완책까지 마련해서 보고서 올리도록. 이상!"

사람들이 나가는 것을 보며 박 부장이 말을 이었다.

"노 과장은 특히나 이음매 부분하고, 슬래브에서 크랙이 갈 만한 부분은 철저하게 체크해. 성훈 군 말처럼 가장 쉽게 물고 늘어질 수 있는 부분이니까."

"네, 부장님."

그리고 내게 말을 걸었다.

"성훈 군. 미안한데, 혜주랑 같이 자료집 찾는 것 좀 도와주겠나?"

"네, 알겠습니다. 저도 자료실에 한 번 가보고 싶었습니다."

"그래. 지금까지 우리 회사에서 진행했던 사례도 많이 있으니까. 참고를 하게."

나가는 내 등을 툭 치면서 말했다.

"아까는 진짜 잘했어. 나도 어떻게 시작을 해야 하나 난감하더라고. 자네가 먼저 나서줬으니, 고민이 줄었네. 고마우이."

"뭘요. 저 좋자고 하는 일인데요."

"아까 부장님도 잘 참으시던걸요. 저도 최 이사 하는 게 얼마나 꼴 보기 싫던지 폭발할 뻔했습니다."

박 부장이 씁쓸하게 웃었다.

"어쩌겠나. 이게 직장 생활인걸."

둘이 걸어가면서 혜주가 물었다.

"성훈 씨는 그런 걸 어떻게 알았어요? 학교에서 그런 것도 가르쳐 줘요?"

"아뇨. 우리 학교에서도 전공과목으로 가르치진 않아요."

그녀는 의아한 모양이었다.

한국에서는 아직 잘 사용하지도 않는 공법이었다.

"우리 교수님이 미국에서 왔어요. 예일."

"우와. 예일이면……."

한국엔 서울대가 있고, 건축엔 예일대가 있다.

물론 개개인의 관점 차이겠지만. 한 교수 때문인지, 나는 예일에 대한 이미지가 좋았다.

"그 교수님이 계속 그렇게 구조계산을 하더라고요. 그래서 물어봤죠. 그게 뭐냐고."

"아. 그래서……."

그녀의 멍한 눈을 보며 물었다.

"혜주 씨, 부럽구나?"

뜨끔한 표정이었지만, 이내 눈을 보름달처럼 휘며 웃었다.

"솔직히 그래요."

"아까 발표할 때도 굉장히 적극적이던데."

어깨를 으쓱하면서 쑥스러워했다.

"채택된 건 하나도 없잖아요. 반면에 성훈 씨는 모두 다 됐고요."

"내거 내가 깨놓고, 안이 채택되는 걸 기뻐한다는 것도 웃기지 않아요? 내가 설계를 어설프게 했다는 걸 인정하는 건데."

그래도 부러운 모양이었다.

'당신도 현장 경험이 쌓이면 당연히 할 수 있을 거예요.'

내 현장 경험은 꽤나 길다. 아마 현장 경험으로만 본다면 박 부장보다 길 것이다.

그게 100% 건설 경험은 아니라고 해도, 항상 건설에 관련된 일을 하고 있었고, 언제나 현장에 있었다.

'그때는 그렇게 하기 싫었었는데, 이런 식으로 도움이 될 줄이야.'

저녁식사가 끝나고, 사무실로 올라오고 있었다.

앞서 걸어가던 박 부장이 물었다.

"노 과장, 이번에 재형이 형 올라올 것 같지 않아?"

"설마요! 최 이사가 양 부장님을 얼마나 싫어하는데."

"박 과장 정도 실력으로는 우리한테 안 돼. 최 이사가 질

걸 뻔히 알면서 승부를 거는 사람은 아니잖아."

"서 전무도 양 부장님 컨트롤이 안 되니까, 제주도로 보냈잖아요. 최 이사가 제 손으로 호적수를 불러들이겠습니까?"

"흐흐흐. 자식아. 그게 문제라니까. 쓸 만한 놈들은 다 바깥으로 쫓아 보냈으니, 인물이 없다는 거. 지금까지야 저작권이 우리 회사에게 있었으니, 어떻게든 힘으로 눌렀지만, 이번에는 경우가 다르거든. 변수가 생긴 거지."

"마냥 좋아하실 일은 아닙니다. 양 부장님은 우리에게도 변수가 될 겁니다."

"어쨌거나 형님 올라오면 술이나 진탕 마셔야 되겠구만. 그 양반도 서울 공기는 오랜만에 마시는 걸 테니."

"하하. 그때는 저도 꼭 좀."

양 부장은 최 이사 아래에 있는 인물인 모양이었다.

모종의 이유로 본사에 있지 못하고, 외부로 따돌림을 당하고 있고, 그런데 실력은 있는 인물. 그 정도로 해석이 가능했다.

내가 원하는 것도 그것이었다.

최 이사가 가진 무기. 그것을 빼 들게 하는 것.

'숨기고 있는 무기는 어쩔 수 없지만, 빼 들면 방법이 보이지.'

사람이 가질 수 있는 무기는 여러 가지가 있다.

자신의 실력, 매력, 쌓아온 커리어. 그리고 주변의 인맥.

다른 사람의 힘이라도 끌어다 쓸 수 있다면, 그것은 그 사람의 무기로 인정할 수 있는 것이다.

'칼을 든 검사를 보고, '신외지물을 쓰다니 비겁하다. 칼 놓고 싸우자'고 하면, 그건 그냥 바보지. 바보.'

정글에서의 싸움에는 정해진 규칙이 없다.

결과가 모든 것을 말한다.

정녕 정정당당을 외치고 싶다면, 압도적인 실력을 가져라. 감히 비겁자들이 시비 걸지 못하도록.

실력이 뒷받침되지 못하는 정당함은 이상주의자의 헛소리보다 못하다.

최 이사가 가진 인맥들이 다 최 이사 같은 인간들일까?

'아니지. 저 자리에 있으려면, 배짱만 가지고는 불가능해. 그 말은 제대로 된 실력 기반이 있다는 것이지.'

세상에 제갈량 같은 사람만 있으면 통일이 안 된다.

유비가 칼 솜씨나 지략으로 왕 자리 올랐겠는가? 한고조 유방은 또 어떻고! 공포가 되었든 인정(人情)이 되었든, 사람을 부리는 것 또한 실력이다.

내 옆에 있는 박 부장이나 노 과장은 괜찮은 실력자들이다. 그들이 두려워하는 것이 있을 것이다. 최 이사 아래에 있는.

그게 최 이사의 무기일 것이다.

'열이 받으면 받을수록 더 좋은 무기를 선보이겠지. 언제 그 사람이 나 같은 애송이에게 망신을 당해 봤겠어.'

진검 승부에 나무 칼 들고 덤비는 멍청이는 아니겠지.

최 이사는 짜증이 나 있었다.

"양재형이 언제 올라온대?"

"아마 내일 오전 중으로 도착하실 겁니다."

"부르면 째깍째깍 올 것이지. 왜 그렇게 늦는데?"

"현장이 마무리 단계라서 쉽게 손을 뗄 수가 없답니다."

"애들 보고 하라고 하면 되지. 그걸 지가 왜 해? 소장이 달리 소장이냐? 애들 관리가 안 되니 그따위밖에 못 하지. 넌 대체 뭐하는 놈이길래, 그런 놈까지 불러야 되는 거냐?"

말을 할수록 짜증이 나는 모양이다.

그런 타박을 듣고 있는 박 과장도 기분이 좋을 리는 없다.

'양 부장님은 오고 싶어서 오겠어? 오시면 술이나 한잔 사 달라고 해야겠다. 직장 생활 더러워서 못 해먹겠다고.'

"언제쯤 오실지, 다시 한 번 확인해 보겠습니다."

더러운 건 같이 있는 게 아니다. 피하는 게 상책이다.

최 이사가 그에게 나가라며 손짓했다.

"에잇, 다 꼴 보기 싫어. 물이나 한 잔 가지고 들어오라고 해."

하지만 답답한 것은 자신이니, 참을 수밖에 없다.

아까의 일을 생각하면 속에서 열불이 솟구쳐 오른다.

'좆만 한 새끼가. 감히 나를 공개적으로 망신을 줬겠다. 두고 보자.'

곽 이사가 말했다.

"전무님, 최 이사가 양재형을 불렀답니다."

"미친 거 아냐? 그 인간?"

"적당한 미끼를 던졌겠지요."

"서 전무가 쫓아 보낼 때도 반발이 엄청 심했는데, 내가 보기엔 악수(惡手)를 두는 것 같아."

"일단 적당히 쓰고 다시 내려 보내겠지요. 설마 자기 목을 조르는 멍청한 짓이야 하겠습니까?"

"잘 감시해. 서 전무도 버거워했던 반골이야. 원숭이 새끼가 구름 타면 어떻게 되는지 알지!"

"네, 절대로 그렇게 되지 않도록 주의하겠습니다."

다음 날 아침.

우리는 진지한 토론 중이었다.

최 이사가 어떤 방식으로 공격을 해올 것이니, 어느 부분을 방어하자, 어떻게 반격을 하자. 하는 토의 중이었다.

"박 부장! 누구야? 누가 우리 광견무적을 저렇게 돌아버리게 만들었어? 엉!"

잔잔하던 사무실이 한 사람의 등장으로 시끄러워졌다.

들어오더니 대뜸 박 부장의 책상을 향해 걸어갔다.

호쾌하고 목청이 큰 사나이였다.

만면에 미소를 띠운 것이 아주 즐거워하는 표정이다.

광견무적(狂犬無敵)은 누구를 말하는 것일까?

당연히 '미친개' 최 이사다.

그러나 그를 이런 별호로 부르는 사람은 아무도 없었다.

"형님, 말조심을 좀."

"흥. 꼰지르라지. 내가 그 인간 무서워서 할 말을 못 하나?"

그러면서 주변을 훑어본다. 누군가를 찾는 모습이다.

그 모습에 박 부장이 실소를 흘렸다.

"하하. 여전히 변함이 없으시네."

그를 본 노 과장은 어느새 벌떡 일어서 있었다.

"양 부장님! 이제 제주도에서 완전히 올라오신 겁니까?"

벌떡 일어나 악수를 청하자, 양 부장이라는 자는 노 과장을 덥석 끌어안았다.

"아이구, 잘 있었냐. 내 새끼."

"부장님은. 제가 과장 단 지가 언젠데. 아직도."

퍽.

그는 노 과장의 등짝에 솥뚜껑만 한 손바닥을 내리쳤다.

"어쭈구리. 과장 달았다고 맞먹자는 거냐? 나 부장 말호봉이야. 짜식아."

"언제부터 말호봉이셨는지 기억은 하십니까? 하하. 제주도는 살 만하세요?"

"넌 내려온다고 진작 말해놓고는 왜 안 왔냐? 내가 꼭 이렇게 올라와야겠냐?"

나는 처음 봤지만 서글서글한 사람이었고, 팀원들 모두 그를 알고 반기는 모습이었다.

'누구지?'

"서울 입성 기념 회식은 저녁에 하도록 하고, 누구야?"

"네?"

"우리 광견을 빡치게 한 녀석이 누구냐고?"

"아하! 저 친구입니다. 김성훈."

그러면서 나에게 그를 소개시켜 주었다.

"성훈 씨는 처음 보지, 양재형 부장님. 제주도에 공사하러 내려가셨지. 언제 본사로 돌아오실지는 미정이지만."

"쩝. 뭐라 반박을 하고 싶은데, 부정을 할 수가 없네."

입맛을 다시는 그에게 노 과장이 말했다.

"그러게. 사회생활 연줄이라고, 최 이사랑 그렇게 싸우지 말라고 충언을 해드렸잖습니까?"

"그럼 어떡하냐? 그 꼴을 보고, 가만히 있어야 되냐? 나하고 일 년 차밖에 차이 안 나는데, 지가 무슨 대선배나 되는 줄 알아."

그는 거기서 말을 끊고 나을 쳐다본다.

"잡설은 그만하고. 이 친구 우리 회사 신입이야?"

"아닙니다."

"엉? 우리 회사 사람도 아닌데, 여기 왜 있어? 최 이사 엿먹었다고 알고 왔는데? 외주업체야?"

"아닙니다. 스타타워 원설계자입니다. 다시 인사드리겠습니다. 김성훈입니다."

노 과장이 물었다.

"최 이사가 양 부장님을 그냥 불렀을 리가 없는데 말이죠."

"그냥 부르면 내가 올 사람이냐? 이번 일만 잘 마무리해 주면, 제주 현장 끝나는 대로 본사로 올리겠다고 언질받았다."

"지킬까요?"

"몰라! 이번에도 약속 빵꾸 내면 회사에서 난장 한번 치고 관둘란다. 애새끼들 보고 싶어서 못살겠더라. 매주 비행기 타고 올라오는 것도 고역이고."

"그래도……."

"나 이렇게 약올려놓고, 최 이사 자기는 편할 줄 알아!"

거침없이 말을 한다. 그럼에도 주변의 어떤 사람도 그의 말에 대해 불편한 기색이 없다.

'나중에 한번 물어봐야겠네.'

그가 말했다.

"성훈 씨. 내 조카뻘 같은데, 말 놔도 되지?"

그 말에 뭐라고 하랴!

눈썹을 으쓱이며 답했다.

"편하실 대로 하십시오. 부장님."

활기차고 유쾌한 사람이었다.

"좋아. 그럼 자초지종을 설명해 봐. 어떻게 빅엿을 먹였길래, 그 인간이 그 지랄을 해대는지."

어제의 일들을 읊었다.

박 부장까지 추임새를 넣으며 이야기에 끼어들었다.

'형님. 어제 최 이사가 얼마나 쪽팔려서 갔는지 아우' 하면서 말이다.

회의라기보다는 화기애애한 화합의 장으로 보였다.

"흠. 그랬단 말이지."

양 부장이 나를 힐끔 쳐다보며 웃었다.

"어이, 김성훈."

"네, 부장님."

그가 엄지를 척 세우며 웃었다.

"잘했다. 잘했어. 내가 어제 이 자리에 있어야 하는 건데. 젠장."

그는 진심으로 아쉬워하는 눈빛이었다.

그리고 말을 이었다.

"어찌 됐든 나는 최 이사가 불러서 왔다. 알지?"

고개를 끄덕였다.

"나는 아무리 사람이 싫어도 일은 제대로 하자는 주의다. 이해하지?"

"그럼요. 사람 보고 일합니까? 일보고 사람 뽑죠."

"그럼 됐어. 좋아. 제대로 한판 붙어 보자고. 어설프게 준비했다가는 나한테 제대로 깨질 거야."

박 부장이 그를 보며 씨익하고 웃었다.

"형님. 제주도에 간 동안 우리는 논 줄 아십니까?"

양 부장은 다시 성훈을 쳐다본다.

기분 좋은 웃음을 얼굴에 채운 채 말이다.

"그래도 뭐. 실력은 탄탄한 것 같으니, 해 볼만 하겠네. 나도 작년에서야 한계 상태 설계법을 써먹어 봤는데."

박 부장이 물었다.

"어디서요?"

"어디긴 어디야. 제주도지. 거기는 내 말에 딴죽 거는 인간이 없잖아. 그래서 내 맘대로 한번 해봤다. 공무원들 설득하기가 어려워서 그랬지. 재미있었다."

"직접 해보시니 어떻던가요?"

"아직은 익숙하지 않아서, 고려해야 할 게 많지. 내 생각이지만, 나중에는 이 설계법을 주류로 하는 방향으로 가지 않을까 싶다. 허용응력 설계법보다는 경제적인 부분도 있고, 신뢰도도 높아 보이니까 말이다."

실제로 미국이나 유럽 쪽에서는 실질적으로 많이 쓰이고

있었다.

양 부장이 말을 이었다.

"학교 수준이 높은가 봐. 지방대라서 별로 대단하게 안 여겼는데. 생각을 바꿔야겠어. 자네 학교에서는 그런 것도 가르치나?"

"학교에서 가르친다기보다 이번 구조대전을 지도하셨던 한승원 교수님이 예일 건축학과 출신입니다. 이 작품의 공동 설계자이십니다."

지난 삶에서의 경험이 있으니 구조설계법에 대해 알고 있기는 했지만, 그야말로 수박 겉핥기. 구조에 대해서는 한 교수가 나보다 100배 낫다. 깊이도 있고.

내 옆을 풀죽은 한혜주가 지나간다.

'어울리지 않는데?'

내가 생각하는 한혜주는 캔디 같은 이미지다. 생긴 건 바람 불면 날아가게 생겼는데, 하는 짓은 끈질긴 잡초다.

'왜 저렇게 힘이 빠져서. 어딜 가나?'

슬쩍 보니 계단실로 들어가서는 아래층 계단참에 털썩 주저앉았다.

그녀의 한숨 소리가 들린다.

어제의 일이 충격이었던 모양이다.

서로 가진 바 능력이 다른데 말이다.

부러움이 심해지면 심마(心魔)가 된다.

'쯧. 어리다. 아직 어려.'

뭔가 그녀에게 힘이 될 만한 것이 없을까? 하고 주변을 둘러봤다.

마침 눈에 걸리는 사람이 노 과장이었다.

노 과장은 은근히 혜주를 칭찬하는 사람이었다.

어제 야근을 할 때도 그랬다.

"아! 혜주가 일은 잘하는데. 너무 여려. 저래 가지고 얼마나 버틸지 모르겠다."

그 말을 들은 박 부장이 화장실에 다녀오면서 그의 뒤통수를 날렸다.

"이 자식아. 너만 안 괴롭히면 돼. 알아!"

화장실에서 나오는 노 과장을 불렀다.

"과장님, 과장님."

작게 목소리를 쥐어짜며 그를 불렀다.

주위를 둘러보며 그가 내게로 뛰어왔다.

비밀스러운 말이라도 하려는 줄 알았던 모양이다.

"어. 성훈 씨. 왜, 왜?"

방화문을 열고 계단실로 들어갔다.

아직 혜주는 나오지 않았으니, 그 자리에 있을 것이다.

문이 닫히는 소리와 함께 그녀가 숨을 죽이는 소리도 들렸다. 당연히 노 과장은 듣지 못했다.

"노 과장님, 혜주 씨 어떻게 생각하세요?"

"흠. 괜찮지. 아주 괜찮은 재원이야."

"에이. 맨날 혼만 내시면서."

"엉? 혼낸 적 없는데?"

정말로 노 과장은 전혀 그렇게 생각하지 않는 모습이었다. 무슨 뜬금없는 소리냐며 내게 눈을 부라렸다.

"혼났다고 풀죽어 있는 걸 제가 봤는데요?"

"에이, 설마!"

"……."

"진짜야?"

그의 확인에 그냥 말없이 웃었다.

'정말 몰랐던 거냐?'의 눈빛을 날리면서.

노 과장은 굉장히 억울했던 모양이다.

"성훈 씨. 그건 말도 안 돼. 나 입사했을 때는 맨날 옥상에 끌려가서 대가리 박고 쪼인트 까였다고. 그 자리에서 서류철로 싸대기 맞는 건 꾸중 축에도 못 끼었다니까?"

쯧쯧. 누가 들으면 건설회사가 아니라, 군대인 줄 알겠다.

'그렇지. 그게 남자들의 세계지. 혜주가 남자냐?'

때려라. 망할 자식아. 그런다고 내가 물러날 거 같냐?

이렇게 오기로 버티는 것이 남자들의 세계다.

"혜주 씨는 여자잖아요."

"야. 그…… 미안하네. 나름 살살한 건데. 내가 형제만 셋이라서. 전혀 몰랐네. 기분 나쁘면 말할 줄 알았지."

과장에게 물었다.

"다른 여직원들한테는 왜 안 그러시잖아요."

"다른 여직원? 누구?"

"우리 반대편에 있는 선미 씨요."

"에이. 그 사람은 우리 팀도 아닌데. 그 여자 일하는 거 봤어? 얼마나 어리바리한지. 난 우리 팀 와도 안 받는다. 얼마 못 버텨. 조만간 이별할 사람한테 내가 신경을 왜 써! 내가 대가리 총 맞았어?"

노 과장의 목소리가 계단실에 쩌렁쩌렁 울린다.

'듣고 있나. 한혜주?'

"혜주 씨는 좀 다른가 보죠?"

노 과장이 나를 요상한 눈빛으로 바라본다.

"어! 성훈 씨. 우리 혜주한테 관심 있어? 다리 놔줘?"

실실 웃으면서 다가오는 게 진짜로 다리를 놔줄 셈이다.

'아나. 됐거든. 이 양반아. 당신이나 장가가라고.'

이미 한 번 갔던 몸이라, 결혼은 진절머리 나고. 연애도 당분간 생각이 없다고!

"뭐. 좋은 사람이라 관심은 가는데, 연애는 관심 없어요. 그냥 인간적인 관심요. 아시죠?"

엉뚱한 생각하지 말라고 확실하게 못을 박았다.

"에이, 좋다 말았네. 사내 커플 한 쌍을 내 손으로 만드나 했는데."

뚱하게 바라보는 내 눈을 피하며 노 과장이 말했다.

"혜주 씨는 뭔가 찾아오라고 시키면, 틀리는 적이 없어. 얼마나 꼼꼼한지 몰라. 그리고 귀도 열려 있어서, 우리끼리 했던 이야기도 잘 알아들어. 보통 수습이 그러기가 쉽지 않 거든. 그리고 말이야. 시키지 않아도 일을 찾아서 하는 건, 정말 대단한 거야."

혜주에 대한 노 과장의 칭찬이 한참을 이어졌다.

내가 한혜주에게 하고 싶었던 말은 이거였다.

'반드시 누군가는 혜주 당신을 지켜보고 있다.'

상사는 직원을 평가해야 한다. 직속 상사가 되었든 그렇지 않든. 부하의 평가는 상사가 한다.

항상 노려보고 있느냐? 그럴 시간은 없다.

그런데도 어떻게 그것을 확인할 수 있느냐?

상사는 신입이 했던 길을 걸어갔던 사람이다. 신입이 책상 에 앉아 있는 것만 봐도, 무슨 생각을 하는지 훤히 안다는 말 이다.

말 한 마디만 건네 봐도, 일할 자세가 되어 있는지 아닌지

판단이 가능하다. 안타깝지만 이것이 젊은이들이 꼰대라 부르며 무시하는 상사들이 가진 기본 능력이다.

'굳이 혜주 씨가 스스로의 진가를 보이려고 안달하지 않아도, 다른 사람들은 다 알고 있다고요.'

성훈이 노 과장의 말에 맞장구를 쳤다.

"하긴 제가 봐도, 어린 친구가 대단한 것 같아요."

"어린 친구? 내가 보기엔 성훈 씨가 더 대단해."

노 과장은 속으로 혀를 내둘렀다.

'자기가 괴물이면서 누굴 칭찬해!'

초년병들이 실수를 하는 가장 큰 것은 자신의 능력을 스스로의 입으로 떠벌리거나, 선배에게 인정받고 얼른 큰일을 하려는 욕심에 자신을 증명하려 안달이 났다는 것이다.

그리고 큰 실수는 대부분 그 과정에서 일어난다.

천 리 길도 한 걸음부터 라는 진리를 잊지만 않는다면, 그한 걸음이 쌓여서 천 리 길을 만든다.

"성훈 씨 오늘 양 부장님이랑 양곱창 집에 갈 건데, 같이 갈 거지?"

"우리 일은 어쩌고요."

"거의 다 끝났어. 그리고 양 부장님이 온 이상, 부장님이 안 움직이면 최 이사도 못 움직여!"

"왜요?"

"그런 게 있어. 알고 싶으면 저녁에 나 따라 오라고."

그 말을 끝으로 노 과장은 사무실로 돌아갔다.

슬쩍 아래를 보니, 아직도 혜주는 그 자리에 앉아 있었다. 뭔가 생각에 잠긴 모양이다.

'뭔가 위로의 말이라도 해 줘야 하나.'

불현듯 생각이 들었다.

'이 정도만 해도 됐어. 더 가면 오지랖이야.'

나도 자리로 돌아갔다.

"아이고. 박 부장님이 혜주 씨 찾던데. 깜빡했네. 어디에 간 거지? 아직도 화장실인가? 길다 길어." 하는 말을 남기고 말이다.

39장
실시 설계(4)

그녀가 돌아왔다.

매점에 들렀는지 비닐봉지에 캔커피를 사들고 왔다.

노 과장이 말했다.

"혜주 씨! 어디 갔다 이렇게 늦게 온 거야?"

그녀는 노 과장의 책상에 캔을 올려놓았다.

혜주가 노려보듯 눈을 부릅떴다. 그래도 귀엽다.

노 과장이 깜짝 놀라서 의자 등받이로 몸을 뉘였다.

"왜 그래? 혜주 씨."

혜주가 캔 뚜껑을 따서 노 과장에게 내밀었다.

"과장님, 잘 부탁드려요."

금세 노 과장의 얼굴이 훤해진다.

헤벌쭉해서는 하는 말이 '헤, 나 주려고 사온 거야? 나 뇌물, 그런 거 안 좋아하는데'라고 한다.

혜주가 피식 웃으며 고개를 돌렸다.

'알려고 마음먹으면 금방 알 수 있었는데. 고마워요. 과장님!'

혜주는 긴장된 마음이 자연스레 자신의 시야를 좁혔다는 것을 깨달았다.

'뇌물은? 미운 놈 떡 하나 주는 심정이지.'

그러면서도 함께 드는 마음.

'어쩜 저렇게 말을 얄밉게 하니!'

"흥!"

혜주의 돌변한 반응에 노 과장이 벙쪘다.

그리고 박 부장에게 생글거리며 말했다.

"부장님, 드세요. 저 찾지 않으셨어요? 늦어서 죄송해요."

혜주가 내민 캔커피는 아직도 따뜻했다.

박 부장도 기분 좋아지기는 마찬가지.

"허허, 혜주 씨. 고마워."

그리고 말을 이었다.

"좀 쉬었다가 양 부장님께 우리 자료들 좀 갖다드리고 오면 좋겠네. 성훈 군이랑 같이 다녀오게."

혜주가 돌아서자 박 부장이 말했다.

"혜주 씨, 고마워. 잘 마실게."

다른 사람들에게도 커피를 돌린 후, 성훈에게는 커피 대신 초콜릿을 내밀었다.

위에 붙은 포스트잇에 귀여운 글자체로 '고마워요. 성훈 씨'라고 쓰여 있었다.

성훈은 저도 모르게 흐뭇한 웃음이 지어졌다.

하지만 그는 아무것도 모르는 얼굴로 그녀를 올려다보며 물었다.

"왜요? 무슨 일 있었어요?"

성훈의 모습이 약 올리는 것처럼 보였던 모양이다.

'다 알면서. 능구렁이.'

그녀는 성훈에게도 일갈을 날렸다.

"아뇨! 화장실 간 거 아니거든요. 매점 갔다 왔거든요!"

그리곤 고개를 휙 돌리며 말했다.

"성훈 씨. 저거 들고 따라 오세요."

성훈이 피식 웃으며, 그녀의 뒤를 따랐다.

노 과장이 물었다.

"부장님, 쟤 왜 저래요? 오늘 하루 종일 저기압이더니."

"글쎄다. 그래도 저렇게 웃으니까, 사무실 분위기가 화사해진 것 같군. 허허"

"매번 저러면 얼마나 좋겠어요. 쯧쯧."

혀를 차는 노 과장에게 박 부장이 핀잔을 준다.

"노 과장, 너만 잘해주면 된다."

"저만큼 잘해주는 사람은 또 어디 있다고."

아까 계단실에서의 다짐은 생각도 나지 않는 모습이었다.

박 부장이 말했다.

"노 과장아. 네 거만 다른 사람들이랑 다르다. 아냐?"

자신이 마시던 캔커피를 보더니 말했다.

"그러네요. 하하. 역시 혜주가 나를 많이 생각하네."

박 부장이 피식 웃으며 말했다.

"아까 혜주가 직접 따줬지?"

노 과장 기억에도 혜주가 다른 사람들에게는 뚜껑을 따주지 않았던 것 같다.

"그러게 왜 그랬을까요?"

"설사약 들었을지도 모른다. 조심해서 마셔라."

노 과장은 그녀가 준 커피를 아주 진지하게 바라본다.

"이거 먹어도 될라나?"

주변에서 킥킥거리는 소리가 들렸다.

박 부장이 말했다.

"자자, 다시 일하자고. 최 대리, 히히덕거리지 말고 집중해."

남자들만 득시글한 곳.

그녀의 변화에 사무실 분위기가 밝아졌다.

위층의 승강기 앞에 멈춰 섰다.

혜주가 물었다.

"성훈 씨, 왜 우리 보고 들고 오라고 하셨을까요?"

"막내니까 당연한 거죠. 왜요? 무서워요?"

"여긴…… 최 이사님이 계신 곳이잖아요."

그렇다.

지금 우리가 도착한 곳은 설계1팀, 최 이사의 안마당이다.

지피지기백전불태(知彼知己百戰不殆).

'안 불러주면 핑계라도 만들 참이었다고.'

이렇게 당당하게 적진을 탐색할 수 있는 기회가 얼마나 있으랴!

뜻하지 않은 행운에 기분 좋게 웃었다.

"적진에 당당하게 들어올 수 있는 기회를 주는데 감사해야죠."

"당신은 긴장도 안 돼요?"

"최 이사가 그랬잖아요. 잡아먹지는 않는다고."

어제의 노 과장을 흉내 내는 내 말투에 혜주는 웃음이 터져 나왔다.

"어제는 정말 웃겼는데 그죠."

깔깔대는 그녀의 양손에 서류가 없었다면, 다시 내 등짝은

작살이 났으리라.

"겁낼 필요 없어요. 다 같은 사람인데."

나이, 성별, 인종 다 상관없다.

생물학적으로 사람은 다 같은 종(種)일 뿐이다.

좀 더 똑똑한 사람, 돈 많은 사람 등등이 있을 뿐이다.

사람의 존재가치는 가지고 태어나는 것이 아닌, 그 사람이 이뤄온 것에 의해 인정되어야 한다.

문을 열고 들어갔다.

적진의 한복판으로.

"오, 우리 설계 2팀 루키들께서 오셨구만."

양 부장이 쾌활한 목소리로 우리를 맞았다.

그의 목소리에 다른 사람들의 시선이 우리에게 쏠렸다.

수군대는 소리가 들린다.

"저 친구가 그 친구야?"

"허, 어제 최 이사가 발렸다기에 곰 같은 덩치일 줄 알았는데, 아주 깔끔하게 생겼는걸! 우리 팀으로 오지."

"에이. 꿈 깨. 이 친구야. 애초에 우리 팀으로 오는 건 틀렸어. 최 이사가 가만히 있겠어?"

"에휴, 우리는 언제 저런 신입 한번 받아보냐!"

사람들은 나를 신입으로 착각하는 모양이었다.

혜주에 대한 말도 은근히 들렸다.

"야, 꽃향기 나지 않냐? 박 부장님 복도 많으시지."

그때였다.

이사실의 문이 벌컥 열렸다.

"왜 이리 소란스러워! 일들 안 해!"

바깥의 부산스러움에 밖으로 나온 최 이사였다.

그리고 나와 눈이 마주쳤다.

"네가 여기는 무슨 일로 온 거야!"

보기만 해도 기분이 나쁜 것인가?

'옹졸하군. 이사씩이나 되어 가지고.'

"안녕하십니까, 최 이사님. 양 부장 심부름 왔습니다."

"근데 왜 하필 너냐고."

양 부장이 끼어들었다.

"이사님, 우리 일하는 데 개인감정 좀 넣지 맙시다. 예!"

최 이사는 생각하기도 싫은 어제의 기억을 다시 떠올렸던 지 목소리가 험악해졌다.

"개인감정은 무슨 개인감정! 저놈은 우리 라이벌이야."

"너무 그러지 마시죠. 같은 회사 사람들끼리."

최 이사에게 투덜거리면서 나와 혜주를 불렀다.

"이리 오게나."

최 이사가 화를 버럭 냈다.

"오긴 뭘 와. 자료만 놓고 꺼져. 양 부장은 나 좀 보지!"

"아 참, 이사라는 분이 낄 데 못 낄 데를 분간을 못 하시네. 믿지 못하면 맡기지 말고, 맡겼으면 믿어라. 그런 말 몰라요? 이사님!"

양 부장의 말에 혜주가 피식 웃으면서 귓속말을 했다.

"어제도 저거 비슷한 말을 들은 거 같은데, 그렇죠."

그렇다. 어제 최 이사가 내게 했던 말이다.

양 부장에게 모든 포커스가 맞춰져 있던 최 이사는 우리의 속삭임을 듣지 못했다.

"뭐야. 이 새끼가."

"최 이사님도 실적 때문에 그러는 거 아닙니까? 다음 해에 이거 못 하면 실적 미달로 쫓겨날까 봐."

대놓고 최 이사의 약점을 공개해 버리는 양 부장이었다.

'호탕한 건지, 전략적인 건지.'

생긴 건 호탕한 게 분명한데, 입에서 나오는 말은 계산된 느낌이 들었다. 상대로 하여금 덤벼들지도, 물러나지도 못하게 하는 그런 계산 말이다.

'저렇게 상사를 까대니 미움을 받았겠지만.'

그에 반해서 부하 직원들의 신망은 대단했다. 아까의 박 부장과 다른 사람들이 대하는 것을 보면 알 수 있었다.

"그렇다면 어떡할 건데."

"나도 내 밥줄 걸린 거 아닙니까? 어련히 알아서 하겠어요! 좀 믿음을 가져 봐요. 최 이사님."

"크, 일단 믿어보지. 어떻게 할 건데."

양 부장이 말했다.

"성훈아, 이러면 어떠냐?"

그가 말을 하는데, 얼굴에는 웃음이 걸려 있었다.

"네 설계안에는 슬래브와 기둥에 'Y'자로 걸리는 와이어에 치명적일 수 있는 약점이 숨어 있다. 그 외에도 몇 가지 있고."

"그래서요?"

"그 약점을 미리 알려주지."

그래서 어떻게 하겠다는 말이지?

"그 건에 대한 해결책을 내가 만족하게 만들어 내면, 너희 설계안 그대로를 인정해 주지."

'헐. 상당히 고단수인걸. 역시 만만치 않아.'

이런 제안을 할 거라고는 상상도 못 했다.

상당히 좋은 제안 같아 보이지 않는가?

문제를 미리 내준다는데.

최 이사가 보기에도 우리에게 유리해 보였던 모양이다.

"그게 뭔 소리야. 다 알려주면 어떻게 해!"

"말을 끝까지 들어봐요."

그가 말을 이었다.

"만약 해결하지 못한다면, 최 이사님 의견을 최대한 고려해서 변경하는 거다. 어때!"

양 부장은 '이기면, 최 이사의 의견을 고려하라'는 말로 최 이사의 입을 막아버렸다.

겉으로 듣기에 양 부장의 말은 우리 입장을 고려해 주는 것 같지만, 내 생각은 달랐다.

'나한테 방어 일변도로 가라는 말이네? 당신은 공격만 하시겠다.'

그리고 어차피 그 문제를 해결하지 못하면, 전진은 불가능했다. 선택의 여지는 없었다.

더 좋은 생각이 있으면 말해보라는 듯 그가 웃었다.

방어? 말이 좋아, 방어지.

방어만 하다가는 샌드백 신세를 면치 못한다.

백번을 잘 막아도, 한 번 뚫리면 지는 게 싸움이다.

'상당히 고단수의 수법을 쓰네.'

그는 내게 방어를 강요하고 있었다.

상대가 지칠 때까지 막아낸다면 그것도 승리겠지만 그걸 승리라고 말할 수 있을까?

'생각해 내라. 생각해 내라.'

이렇게 단시간에 승부를 걸어올 줄은 생각을 못 했다.

'곰 같은 겉모습에 완전히 속았어.'

혜주도 옆에서 거들었다.

"성훈 씨, 좋은 제안이잖아요. 문제를 가르쳐 주고 시험 치는 거나 마찬가진데요."

그녀를 보며 환하게 웃었다.

'가만히 있으라고. 이 아가씨야. 속사정도 모르면서.'

양 부장이 이런 제안을 한다는 것은 최대한 빠른 시간에 승부를 마무리 짓겠다는 말이었다.

'만약 거절한다면?'

범위 제한 없이 무차별 공격을 당하게 될 것이다.

지금까지 겪었던 어떤 일보다도 긴박한 상황이었다.

하지만 지금의 내 상황에서 반격을 할 방법이 생각이 나지 않았다.

그의 목표는 내 디자인에 흠집을 내는 것.

태생적으로 방어를 할 수밖에 없지 않는가?

그러다가 머리에 생각 하나가 스치고 지나갔다.

'양 부장은 착각하고 있군. 내가 무조건 내 디자인을 고수하고 싶어 하는 것으로.'

나는 내 디자인을 지킬 생각이 없었다. 발전시킬 수 있는 안이 나온다면, 바로 적용시켜 버릴 것이다.

'이게 왜 가능하냐고? 내 거니까. 더 좋은 안이 나온다는데, 현재에서도 반대할 리는 없다.'

한 교수와 아이들은? 설득하면 된다.

'반대하면 몽땅 불러 들여서 개고생을 시켜줄 테다.'

그때까지는 나는 내 맘대로 할 수 있는 이 승부를 그만둘 생각이 없었다.

하지만 주는 게 있으면 얻는 것도 있어야지.

'나만 당할 수 있나? 당신들도 머리를 짜내야 할 거야.'

"좋은 의견 잘 들었습니다. 대신 조건이 있습니다."

"무슨 조건."

양 부장이 내 얘기를 듣고 미간을 찌푸렸다.

조건을 걸리라고는 그도 미처 예상하지 못했던 모양이다.

그에게도 본사로의 복귀가 달린 일전이었다.

"배려는 감사합니다만, 저도 주는 대로 받기만 하면 죄송해서요."

"조건이 뭔지 말해 봐."

"무조건 수락한다고 하시면 부장님의 제안 받아들이겠습니다."

양 부장은 무슨 생각을 했을까? 그 짧은 순간에.

'이 일의 열쇠는 양 부장이 쥐고 있어. 이미 불러들인 이상은 가란다고 갈 사람도 아니고.'

양 부장이 어이없다는 듯이 웃었다.

이미 승리를 예상한 자의 미소였다.

"성훈아, 아무리 생각해도, 너희 팀이 할 건 방어밖에 없거든. 이걸로도 많이 양보한 거야."

"승낙하시는 겁니까?"

"좋아. 승낙하지."

최 이사는 중간에 끼어서 우리 둘이 무슨 말을 하는지 이해를 하려고 하는 모습이었다.

적어도 그가 양 부장을 부른 의도와는 전혀 다른 방향으로 일이 진행되고 있었다. 일방적으로 박살을 내려고 불렀지, 승부를 보려는 것은 아니었을 것이다.

"믿겠습니다. 그 말씀."

"믿어. 이제 그 조건 뭔지 들어보지."

"문제를 하나만 내실 건 아니죠? 그럼 끝나지 않는 싸움이 될 텐데요."

양 부장이 고개를 끄덕였다. 그도 네버엔딩 파이트를 할 생각은 없었다.

"당연하지. 일단 몇 개의 문제점을 발견해서 넘겨주지."

"모두 우리 쪽에서 해답을 찾는다고 장담하기 어려운 것들이겠죠?"

너무 당연한 소리였다.

"그렇게 쉬운 정도면, 자네가 이미 답을 찾아뒀을 것 아닌가! 그건 승부가 아니지."

"그럼 현장 쪽에서 이미 답이 나와 있는 문제를 내실 겁니까?"

"이봐, 이봐. 날 뭘로 보는 거야? 거기 박 부장도 베테랑이야. 만만치 않다고."

"그럼 이렇게 하시죠. 문제를 내시고, 우리 쪽에서 하나를 해결해 내면……."

"그러면?"

"그 문제들 중에서 하나를 양 부장님 쪽으로 토스할 겁니다. 그럼 부장님 팀에서 답을 찾아주셔야 됩니다. 제 마음에 들게요."

"박 부장 마음이 아니고?"

"변경을 해도 제가 직접 할 거니까요."

"변경을 한다고? 누구 맘대로?"

"네? 제 맘대로죠. 제가 원설계자니까요."

"잠깐 잠깐! 바꾼다는 말은 안 했잖아."

"그건 말이 안 되죠. 처음부터 최 이사님은 바꾸려고 오셨는걸요. 그렇죠. 이사님."

최 이사는 눈을 꿈뻑꿈뻑하더니 고개를 끄덕였다.

양 부장에게 웃어주었다.

'당신 상관이 먼저 시작한 일이라고요.'

나라고 바꾸지 못할 이유가 뭐가 있는가?

"남아일언!"

양 부장이 마지못해 대답했다.

"중천금!"

혜주는 우리 둘의 말을 완전히 이해를 못한 모양이다.

"성훈 씨, 이게 무슨 말이에요? 방어는 뭐고?"

"그런 게 있어요."

양 부장에게 말했다.

"이틀 드릴게요. 최소 약점 5개는 만들어 주셔야 됩니다."

그가 고개를 끄덕였다.

돌아서기 전에 양 부장에게 말을 덧붙였다.

"아! 우리는 방어하는 입장입니다."

"그런데?"

"슬래브를 방어할지, 와이어를 방어할지는 우리가 정하겠습니다. 방어하는 입장이니까요. 그 정도 핸디캡은 이해해 주시겠죠?"

양 부장의 광대가 꿈틀거렸다.

그 말을 끝으로 돌아섰다.

이 싸움은 도 아니면 모다.

내 작품을 대박으로 만들 것인지, 쪽박으로 만들 것인지.

'그래도 여기의 브레인들이 모두 의견을 모으면 쪽박은 나오지 않을 거야.'

돌아 나오는 내 얼굴에 함박웃음이 걸렸다.

"혜주 씨, 먼저 들어가요. 저 화장실 좀 다녀갈게요."

나도 긴장을 하긴 했었던 모양이다.

문을 열고 나오자 엄청나게 오줌이 마려웠다.

'후, 다행이다. 그렇게라도 딜을 걸었으니 망정이지. 눈 뜨

고 당할 뻔했네.'

내가 지난 삶에서 했던 회사 생활은 이런 대기업이 아니라, 작은 중소기업이었다. 그동안 알고 있어 왔던 것과는 차이가 있었다.

세수를 하면서 각오를 다잡았다.

"김성훈, 정신 똑바로 차리자."

세상에는 나보다 뛰어난 사람, 경험이 많은 베테랑들 투성이였다. 특히나 양 부장처럼 실력 있고, 인망이 좋은 사람은 약간의 바람만 타도 순식간에 높은 자리로 올라갈 것이다.

'문제라면 윗사람의 기분을 신경 쓰지 않는다는 거겠지.'

하지만 생각이 있는 경영자라면 저런 인물을 함부로 다루지 않을 것이다.

'사장도 생각이 있겠지.'

박 부장이 말했다.

"그래? 그런 일이 있었단 말이야?"

고개를 끄덕이는 혜주를 보며 말을 이었다.

"양 부장님이 이렇게 빨리 정면 승부를 걸 줄은 나도 몰랐는걸. 알았으면 같이 갈 텐데."

노 과장이 의견을 말했다.

"어쨌든 그 승부를 받아들이지 않았다면 진흙탕 싸움으로 가야 했으니. 받아들인 건 잘한 거라고 생각됩니다."

그 말을 들으면서 박 부장은 흐뭇한 미소를 지었다.

"그건 나도 그래. 하지만 저 젊은 친구가 전혀 예상하지 못한 상황에서 그런 딜까지 걸었단 말이야? 노 과장, 넌 그렇게 할 수 있어?"

노 과장이 그 말에 어이가 없는 듯 웃었다.

"절 지금까지 어떻게 보신 겁니까? 당연히 못 하죠? 양 부장님이 어떤 사람인데요. 승부사 아닙니까? 전 암말도 못 했을 것 같은데요."

"자랑이다. 저런 걸 부하라고. 좀 보고 배워라. 자식아!"

혜주가 옆에서 듣다가 끼어들었다.

"성훈 씨, 완전 멋있었어요. 양 부장님과 최 이사님을 상대로 긴장도 하지 않더라니까요. 전 진짜 무서웠는데."

박 부장이 말했다.

"저놈, 대단하네. 대단해."

사무실로 들어가니 노 과장이 물었다.

"다시 봤어. 성훈 씨. 어떻게 그런 생각을 한 거야? 난 그 상황이면 도저히 그렇게 못 할 텐데."

"저만 고생하는 건 좀 열 받잖아요. 그냥 같이 고생하자는 그런 의미죠."

박 부장에게 갔다.

어찌 되었든 이번 일의 책임자는 그였다.

"죄송합니다. 제 맘대로 결정을 내려서."

"아냐. 혜주 씨 말을 들어보니 그럴 시간도 없었겠더군. 아주 재치 있는 대응이었어."

"이해해 주셔서 감사합니다."

"어차피 내가 갔어도 더 좋은 결과를 만들기는 어려웠을 거야."

아마 박 부장이 함께 갔다면 다른 결과를 만들 수도 있었겠지.

양 부장과 그는 오랜 동료 사이였다. 서로의 성격을 잘 아는 만큼 더 나은 결과가 도출되었을 수도 있었다.

그러나 양 부장은 그만큼 더 까다로운 조건을 내걸었을 것이다.

양 부장이 방심하지 않았다면 이런 결과가 나왔을까?

똑같은 조건을 내가 아닌 박 부장이 내걸었다면, 양 부장이 아까처럼 한 번에 수용을 했을까?

'절대 아니지. 몇 번을 더 생각했을 거야.'

어쩌면 지금보다 못한 결과가 나올 수도 있었을 것이다.

지금의 조건은 우리가 유리하다.

방어만 하는 것이 아니라, 방어에 성공을 하면 공격도 할 수 있는 조건을 내걸었기 때문이다.

그것도 그들이 만들어낸 공략법으로 말이다.

어쨌든 박 부장은 결과에 만족하는 모양이었다.

"마음에 안 드는 결과였다면 몰라도. 나라고 해도 이 이상 유리한 조건으로 딜을 하기는 어려웠을 거야. 잘했어, 성훈 군."

그는 일어서서 내 등을 두드리며 칭찬해 주었다.

"하지만 부장님이 함께 계셨다면 좀 더 매끄러운 방식으로 결과를 도출해 냈겠죠."

"일어나지도 않은 일을 고민할 시간이 없네. 다들 회의실로 집합!"

"그러니까 자네 맘에 들게끔 한다는 조건을 걸었단 말이지."

박 부장의 말에 고개를 끄덕였다.

"하지만 그건 우리가 첫 번째 문제를 해결했을 때 턴이 돌아오는 거죠."

"우리에게도 문제의 선택권이 있다는 건 대단한 무기가 될 수 있지."

"또한 토스를 할 때도 우리에게 선택권이 있습니다."

"좋아!"

박 부장이 좌중에게 말했다.

"보다시피 이런 상황이다. 성훈 군이 이틀이라는 시간을 저쪽에 준만큼, 저들도 우리에게 동일한 조건을 요구할 것이다."

당연한 말이었다. 동일한 조건을 요구한다고 해도 우리는 그것을 거부할 명분이 없었다.

"문제는 양 부장님이 어떤 과제를 내놓을지를 알 수 없다는 거다."

혜주가 의문을 제기했다.

"문제를 내준다는데, 좋은 것 아닌가요?"

이 물음에 노 과장이 고개를 저었다.

"혜주 씨, 학교에서 오픈북 시험 쳐 봤어요?"

"아뇨. 왜요?"

"그게 더 어려워요. 책만 보고 답을 쓸 수 있는 문제는 아예 내지를 않거든요. 돌아버리죠."

박 부장의 걱정도 여기에 있었다.

"맞아. 그냥 내는 시험은 교과서 수준이겠지만, 양 부장이 내는 문제는 해석을 하고 그 위에 우리들만의 재해석을 더해서 그들을 납득시켜야 한다고."

오픈북으로 시험 친다고 좋아하는 사람은 바보멍청이다.

교수들은 학생들의 머리 위에서 놀고 있다.

오픈북 시험을 치는 교수들은 더더욱 그러하다.

정말! 진짜로 정말 열심히 공부하지 않으면, 풀 수 없는 문제를 내겠다! 라고 선언하는 것이 오픈북 시험이다.

당연히 책에 답이 있는 문제는 내지 않는다.

'오픈북이라. 참 추억이 새록새록 하네.'

지난 삶에서는 오픈북이라고 공부 안하고 탱자탱자 놀다가 시험을 망친 적이 있었다.

"혜주 씨, 책에 있는 건 그저 문제풀이의 가이드 정도죠. 그 위에 자신의 의견과 교수가 원하는 결과를 동시에 도출하려면 미리 그 과목에 대해서 개념과 현시대의 추세까지 머리에 담아둬야 하거든요."

문제는 알려주되, 저들을 만족시킬 답을 찾기는 쉽지 않을 것이다.

물샐틈없이 방어를 한다고 해도, 공격자의 입장에서는 허점이 보이게 마련이다. 하물며 공격하는 이가 닳고 닳은 베테랑이면 두말할 필요도 없다.

'내가 봐도 보이는 허점을 실무자들이 찾지 못할 리가 없지.'

그러나 문제는 양 부장이 더 깊이 있게 파고들 것이며, 그 난이도가 심히 높을 것이라는 거다.

'방법은 반드시 있다. 그 방법을 몰라서 그런 것이지.'

풀리지 않는 문제는 없다.

문제를 푸는 것도 사람이고, 내는 것도 사람이다.

방법을 찾아야 했다.

'확실한 답이 보이지 않을 때는 하나씩 풀어가는 것도 방

법이지.'

    박 부장도 갑작스러운 상황에 답답해하는 모습이었다.

    "부장님, 우리는 시간이 부족합니다. 이 시간에도 양 부장님 팀에서는 우리 약점을 찾고 있을 겁니다. 마냥 넋 놓고, 어떤 문제를 낼지 기다릴 수 없다는 거죠."

    노 과장이 물었다.

    "그럼 자네는 어떻게 하려고? 방법이 있어?"

    "방법이라기보다는 제안이죠."

    박 부장이 말했다.

    "뭐든 좋아. 말해보게."

    "다섯 가지 문제를 낸다고 그걸 미리 다 숙지할 이유는 없습니다. 뭐가 나올지도 모르는 판국이니 말입니다."

    계속 말해보라며 박 부장이 눈짓했다.

    "다섯 개 중에서 하나만 제대로 맞추면 됩니다. 하나를 정확히 맞히면 그것을 푸는 것에도 시간이 단축될 것이거니와 푸는 동안 나머지 넷의 난이도를 분석할 수 있을 겁니다."

    한꺼번에 문제를 낸다고 했다. 그건 충분히 연구할 시간을 주겠다는 양 부장의 배려였을 것이다. 나는 그 배려를 이용하는 염치없는 인간이 되어버렸지만.

    '내가 살려면 어쩔 수 없잖아? 그 사람은 박 부장도 한 수를 접어주는 진짜 전문가라구!'

다른 사람은 이론으로만 알고 있는 한계 상태 설계법을 직접 실행해 본 사람이었다. 그는 대담한 행동가였다.

부장이 고개를 끄덕였다.

"음. 그렇지! 다른 문제들에 대한 대비는 그때부터 하면 되겠군. 모든 문제에 포커스를 맞출 이유가 없지."

어차피 첫 번째의 문제를 풀지 못하면 우리에게 다음은 없다. 양 부장의 요구사항을 들어줘야 할 테니까.

'팀원들의 기를 죽일 이야기를 굳이 할 필요는 없지.'

"일단 양 부장님은 슬래브와 와이어에 대해서 말했습니다. 분명히 그 둘은 포함될 겁니다."

두 가지나 알고 있다고 생각하는가? 착각이다.

그 두 가지만 해도 세세하게 들어가면, 범위가 무시무시하게 넓다. 50층짜리 건물에 슬래브가 한두 개 들어갈 것 같은가!

'어느 부분에서 문제 제기를 할지 당사자가 아니면 절대로 알 수 없지.'

박 부장의 미간이 깊어졌다.

"그렇게 당당하게 말할 정도면 우리를 얽어맬 준비가 되었다는 건데."

"미리 걱정할 필요는 없죠. 극악하게 어려운 문제가 나온다면 그중에 쉬운 것 하나를 우리가 해결하고 제일 어려운 문제를 넘겨 버리면 됩니다."

내 말에 노 과장이 재밌다며 박장대소를 했다.

"하하하. 네놈들도 죽어봐라. 그 말이네."

"일단 해결하고 나서 웃어. 자식아. 긴장된 와중에."

노 과장은 박 부장의 핀잔을 듣고 입을 다물었다.

이야기를 가만히 듣고 있던 혜주가 질문을 던졌다.

"성훈 씨, 제가 잘 이해가 안 돼서 그래요. 하나만 맞춰도 된다는 게 어떤 의미예요?"

'흠. 다 이해할 거라 생각하고, 너무 대충 설명을 했군.'

분명한 나의 실수였다.

게임의 룰을 정확하게 일러줘야 어이없는 실수가 나오지 않는다.

"양 부장님은 제 디자인의 약점 5가지를 지적할 거예요. 전 거기서 우리에게 선택의 우선권을 달라고 요구했죠. 가장 쉬운 것을 선택해서 풀고, 나머지 4개의 난이도를 분석할 계획이죠."

"네, 거기까지는 알아들었어요."

"그리고 남은 4개의 지적 중에서 가장 난이도가 높은 걸 양 부장 팀에 넘길 거예요. 그 선택권도 제가 가져왔거든요. 거기서 그들이 풀지 못하면 최 이사는 우리에게 아무것도 요구할 수 없는 거죠."

"그래서 우리가 얻는 건 뭐죠?"

"만약 2번째 턴에서 우리가 이기면, 우리는 그들이 제시한 구조적 약점 3가지를 최 이사의 간섭을 받지 않고, 천천히 시간을 들여서 해결하면 돼요. 약점 보완의 이익이 있는 거죠. 좀 더 완벽한 디자인이 된다고 해야 할까?"

"양 부장님이 자신들만 풀 수 있는 문제를 내면요?"

노 과장이 웃으며 말했다.

"혜주 씨, 양 부장님의 실력이 좀 더 나은 건 부정할 수 없지만, 우리 박 부장님도 만만치 않아요. 그런 정도의 문제는 조금 더 시간이 걸릴 뿐 풀 수 있어요."

박 부장이 그의 말을 이어받았다.

"맞아. 양 부장님만 풀 수 있는 문제는 없다네. 아마도 양 부장님은 초반에 승부를 보기 위해서, 자신들도 풀기 어려운 문제들만 골라서 올 거라고."

양 부장도 알 것이다. 우리는 가장 쉬운 문제를 고를 것이고, 그들에게 가장 어려운 문제를 떠넘길 거라는 것을.

혜주가 어리둥절해서 물었다.

"부장님, 자신들도 풀기 어려운 문제를 왜 내는데요? 이해가 안 되잖아요."

"최 이사 목적은 그 문제를 풀려는 것이 아니라, 예전의 구닥다리 공법으로 가려는 거지. 요컨대 우리가 포기하게만 만들면 되는 거라네."

혜주는 이 게임의 룰을 이해했는지 고개를 끄덕였다.

"이건 완전 '모' 아니면 '도'네요."

박 부장이 나를 재촉했다.

"성훈 군, 계속 말해보게."

"그러니까. 우리는 일단 그 두 가지를 집중적으로 대비하면 됩니다."

노 과장도 자신의 의견을 제시했다.

"그리고 어느 정도는 상식선에서 납득할 수 있는 문제를 내겠죠."

"과장님 말씀이 맞습니다. 일단은 우리끼리 모의 대전을 해보고, 그것에 따라서 가장 취약한 부분을 미리 찾아서 예상 문제와 대략적인 해결책을 준비해 둬야 합니다."

그래야만 시간 싸움에서 승리할 수 있을 것이다.

"양 부장님이 내는 문제도 그것들 중에는 반드시 있을 거라는 말이군. 그렇지?"

"상식을 벗어나지 않는다면 대략 맞을 겁니다. 부장님."

양 부장이 어떤 문제를 낼지는 그의 입장이 되어 봐야 한다. 방어의 입장이라고 해서 방어에만 치중하게 되면 시야가 좁아진다.

우리는 공격적 방어를 하기로 했다.

'연습 게임으로 미리 맞으면 맷집이 강해지지 않을까?'

박 부장이 결론을 내렸다.

"흠. 데이터가 많이 필요하겠군. 노 과장!"

"예!"

"자료실에서 찾을 데이터들을 정리해서 모든 사람에게 분배해."

"모든 사람? 혜주 씨도요?"

"당연하지!"

노 과장이 신입에 대한 걱정을 표했다.

"혜주 씨가 할 수 있을까요? 온 지도 얼마 안 되고 여자인 데다가."

"지금 눈코 뜰 새 없이 바쁜 거 안 보여? 그리고 일에 남녀가 어디 있어? 혜주 씨한테 맡길 거, 노 과장 네가 다 할 거야? 할 수 있어?"

그리고는 부장이 혜주에게 물었다.

"혜주 씨, 못 할 것 같아? 그럼 딴 사람……."

혜주가 다급히 말했다.

"아니요. 맡겨만 주세요."

박 부장이 고개를 끄덕였다.

"성훈 군도 부탁하네."

"당연하죠. 제 일인걸요."

노 과장은 데이터 작업의 분배를 시작했다.

혜주는 가슴이 두근거렸다.

입사한 지 일주일밖에 안 된 그녀가 처음으로 맡게 되는 제대로 된 일거리였다.

  그전까지는 모든 수습사원이 그러하듯, 서류 정리와 복사가 전부였지 않던가!

  그녀는 주먹을 꼭 쥐고 다짐했다.

  '반드시 해내고 말 테야.'

40장
실시 설계(5)

"김 비서, 안전모는 아직도 외국에서 안 돌아왔나?"

사장도 '스타타워' 건이 걱정되는 모양이었다.

신문에다가 빵빵 터뜨려 놨는데, 슬슬 중간 결과를 보도해 줘야 한다. 그래야 국민들의 관심에서 멀어지지 않는다.

그런데 정작 원설계자라는 녀석은 외국에 나가서 감감무소식이고, 다른 원설계자들은 성훈이 와야 움직인다고 했었다.

"어제 설계 2팀으로 합류했다는 소식을 들었습니다. 다른 것 때문에 미처 말씀을 못 드렸습니다. 죄송합니다."

사장이 웃으며 팔을 내저었다.

"아, 그래. 왔다니 다행이구만. 나보다 자네가 더 바쁜 거 아니, 신경 쓰지 말게나. 진행 상황은 어떻게 되어 가고 있나?"

"그게 아주 재미있게 돌아가고 있습니다."

비서의 말에 사장의 허리가 앞으로 숙여진다.

"재미있다니? 뭐가?"

"예전에 서 전무가 양 부장을 제주도로 쫓아 보냈잖습니까?"

"그랬지. 서 전무가 '양재형이 때문에 못살겠다'며 죽는 소리를 해대서 그러라고 했지."

얼마나 하소연을 해댔던지, 사장은 양 부장의 이름도 기억하고 있었다.

'그때는 서 전무의 의견을 들어줘야 할 필요가 있었지.'

양 부장을 한직으로 보내는 것은 서 전무의 힘을 키워주기 위함이었다.

그리고 서 전무의 일 처리는 상당히 마음에 들었었다. 자신의 집 욕조를 뜯어보기 전까지는 말이다.

"최 이사가 그 양 부장을 불렀습니다."

"엉? 최 이사가 왜? 둘이 앙숙이잖나."

비서는 설계 2팀에서 벌어진 성훈과 최 이사의 일을 이야기했다.

"최 이사가 빡 돌았다는 말이네. 크하하."

"제 세상인 줄 알고 나대다가 한 방 먹은 거지요."

"아직 최 이사는 안전모가 어떤 놈인지 파악을 못 하고 이

빨을 갈고 있다는 거네? 그나저나 양재형이가 올라왔으면 황 전무도 긴장하겠는데."

"조용히 분위기만 관망하고 있는 모양새입니다."

"조만간 한 번 들러봐야겠는걸."

"그럼 일정을 잡아 보겠습니다."

비서가 수첩을 꺼내 적을 준비를 했다.

사장이 손을 내저으며 말했다.

"아냐. 그럴 필요 없어. 시간 날 때 들르면 되는 거지."

사장이 자기 회사를 방문하는데, 무슨 스케줄까지 필요할 것인가?

"네, 알겠습니다. 사장님."

업무가 거의 끝나갈 시간이었다.

박 부장이 자리에서 일어섰다.

"내일은 진짜로 전투 모드에 들어가야 하니까. 오늘은 일찍 들어가. 술도 마시지 말고. 알았어?"

"네!"

"나 이사실 갔다가 바로 약속 있어서 나간다. 노 과장, 애들 단속 잘하고."

"네, 부장님. 내일 뵙겠습니다."

부장이 나가고, 혜주가 노 과장에게 보고서를 내밀었다.

"과장님, 지시하신 보고서예요. 한 번 봐주세요."

"벌써? 빠르네."

노 과장이 웃으며, 파일을 받고 페이지를 넘기면서 인상이 굳어갔다. 뭔가 맘에 들지 않는 모습이었다.

"흠, 흠……."

파일을 검토하는 것은 금방이었다.

"혜주 씨, 일단 이 건은 신경 쓰지 말아요. 알아서 할게요."

손 떼라는 말이었다. 혜주는 이해할 수 없었다.

'왜? 지금까지 썼던 어떤 리포트보다 심혈을 기울였는데.'

노 과장은 책상에 쌓인 다른 서류로 손을 뻗었다.

"혜주 씨, 지금은 바쁘니까. 나중에 이야기합시다."

"과장님, 뭐가 잘못된 건지 말씀을 해주셔야."

"지금은 바빠서 설명을 할 시간도 없어요. 이번 건은 없었던 걸로 해요."

"이유라도 알아야죠."

혜주는 대답을 듣지 않으면 돌아가지 않을 기세였다.

"흠, 뭐랄까? 혜주 씨가 가져온 보고서는 대학 리포트를 보는 느낌이에요."

혜주는 자존심이 상했다.

"다시 해올게요."

"안 해도 괜찮아요. 그럴 시간도 없고. 당장은 직원들 서

포트하는 게 더 효율적이에요."

'또 매번 자료 찾으러 다니라는 말이야?'

과장은 최 대리를 불렀다.

"최 대리, 이리 와 봐라."

최 대리는 데이터를 입력 중이라 정신이 없었다.

최 대리는 이쪽을 바라보지도 않고 말했다.

"과장님, 좀 있다가 말씀하시면 안 돼요?"

"야! 빨리 안 와?"

과장의 고함에 정신이 번쩍 든 최 대리가 달려왔다.

"네, 부르셨습니까? 과장님."

"개기냐? 요즘 좋게 말하니까 정신 못 차리지. 엉?"

"아닙니다!"

순식간에 사무실의 분위기가 얼어붙었다.

혜주도 노 과장의 변한 분위기에 겁을 먹었다.

원래 이런 분위기였다면 믿을까?

"이 건, 네가 처리해라. 초안 잡히면 바로 나한테 들고 오고."

"어! 이거 혜주 씨가⋯⋯."

"입 닥치고 해라. 최 대리, 나도 바쁘다."

"네, 일단 지금 하던 거 먼저 해야 돼서, 이 건은 내일 업무 시간부터 시작하겠습니다."

"알았어. 점심때까지는 내 책상에 올려놔라."

"네, 과장님."

설명도 필요 없다. 오로지 지시와 수행만이 있을 뿐이다.

하지만 혜주는 이런 분위기가 익숙하지 않았다.

노 과장이 말했다.

"가서 일 봐."

자신의 자리로 돌아오면서 최 대리가 투덜거렸다.

"혜주 씨, 일을 하려면 똑바로 하던지 이게……."

그는 중얼거리다가 입을 다물었다.

혜주는 아무 말 없이 입을 꾹 다물고 있었다.

'다시 하면 되는데, 왜!'

그녀는 단 한 번의 결과로 자신을 쓸모없다고 판단해 버리는 노 과장이 원망스러웠다.

'어디를 고치라고 말해줄 수도 있는 거잖아. 처음인데, 꼭 그렇게 말을 해야 하는 거야?'

혜주의 눈에 눈물이 그렁그렁했다.

"미안해요. 비난할 의도는……."

최 대리는 자신의 말 때문에 그러는 줄 알고 당황했다.

혜주는 걸음을 재촉했다.

"대리님, 저 잠시 바람 좀 쐬고 올게요."

빠르게 걸어가는 혜주의 등 뒤로 최 대리가 말했다.

"직장 생활 원래 이래요. 겨우 그런 거 가지고 맘 상하지 마요."

그의 위로가 혜주에게 들릴 리가 없었다.

　　　　　　　　🖌️

자료실에서 돌아오니 혜주가 보이지 않았다.

'지금쯤 보고서가 완성됐을 텐데. 한번 보여 달라니까, 어딜 간 거야?'

처음 쓰는 보고서이니 제대로 되었을 리가 없다.

학교의 리포트는 학생의 과제 이해도를 보는 것이 목적이지만, 회사의 보고서는 다르다.

'당장 사용할 수 있는가? 하는 것이 더 중요하지.'

보고서에는 상사가 알고 싶어 하는 자료만 담겨 있으면 된다. 물론 일정한 형식을 갖추기는 해야겠지만.

노 과장에게 물었다.

"혜주는요?"

"몰라. 자료실에 없어?"

그는 데이터를 분석 정리하느라 건성으로 대답했다.

'쳇. 다들 정신이 없구만! 화장실이라도 간 건가?'

돌아서 내 자리로 가는데, 혜주가 보고 있던 자료들이 최 대리의 책상에 있었다.

"최 대리님, 이걸 왜 가지고 계세요?"

데이터를 입력하던 최 대리도 건성으로 답했다.

"혜주 씨가 하던 것 내가 맡게 됐거든."

"왜요? 어떻게 했길래요?"

최 대리는 말 대신 혜주의 보고서를 내게 건넸다.

'쯧. 역시 이럴 줄 알았어.'

'골조공사'에 대한 지식으로 도배된 한 편의 리포트였다.

'나 이만큼 많이 알아요'라고 어필하는 느낌이었다.

내가 교수였으면 A+를 줬겠지만, 상사였으면 쓰레기통으로 갈 만한 보고서였다.

학교에서는 아는 것만으로도 인정을 받지만, 사회에서는 가진 지식을 써먹을 줄 알아야 인정을 받는다.

'네가 많이 아는 게, 지금 무슨 도움이 된다고!'

상사에게 필요한 것은 당장 사용할 수 있는 데이터였다.

하기야 너무 급하게 작업 분배가 이루어졌고, 노 과장도 그녀의 실력을 100% 신뢰해서 일을 맡긴 것은 아닐 것이다.

'얼마나 적응했는지, 바로 투입이 가능한지 테스트할 요량이었겠지. 혜주가 타격이 크겠는걸.'

시간이 넉넉한 상황이었다면, 노 과장도 그녀에게 좋은 감정을 가지고 있으니, 최대한 보듬고 설명을 해줬을 것이다. 하나 지금처럼 정신없는 분위기라면 그게 불가능했을 터!

혜주를 찾아 계단실로 갔지만 보이지 않았다.

자기 자신에게 실망한 신입사원이 있을 곳은 뻔했다.

'나도 옛날엔 옥상에서 담배 많이 피웠었는데.'

나 같은 남자라면 당연히 옥상이겠지만, 혜주는 여자니까 매점에서 뭔가를 먹으면서 스트레스를 풀고 있지 않을까?

지하 매점으로 향했다.

그녀는 테이블에 앉아서 고개를 푹 숙이고 있었다.

그녀 옆에 서서 노크를 했다.

똑똑.

'누구지?' 하면서 고개를 드는 그녀 앞에 빨대 꽂은 바나나 우유를 내밀었다.

침울하던 그녀의 얼굴에 미소가 번졌다.

좋으면서도 쑥스러운지, 작은 목소리로 나를 타박했다.

"왜 매번 바나나 우유예요? 제가 그렇게 어려 보이세요?"

"그런 건 아닌데요. 탄산 안 먹는 사람도 있고, 커피를 안 마시는 사람도 있죠. 우유도 마찬가지고."

"그런데요?"

"살면서 바나나 우유 안 먹는 사람은 못 봤거든요."

"치. 나랑 나이도 비슷하면서. 나이 많이 먹은 사람처럼 말하네요."

가끔 내 나이를 잊어버릴 때가 있다.

내가 25살짜리 청년이라는 것을.

"그러고 보니 그러네요."

"피."

그녀의 맞은편에 앉았다.

"혜주 씨, 힘들죠?"

"어떻게 과장님이 저한테 그러실 수가 있어요?"

그녀는 기분이 많이 진정되었는지 노 과장의 뒷담화를 했다.

내가 할 수 있는 것은 그냥 들어주는 거였다.

'노 과장이 무슨 잘못이 있겠어요. 원래 다 그런 건데.'

그녀와 함께 뒷담화를 깔 수는 없지 않는가!

한참 동안 그녀의 하소연을 들어주었다.

시계를 보니 5시 반이 넘어 있었다.

"혜주 씨, 어떻게 할 거에요?"

"뭐 어떻게 하긴요. 다시 보조 업무에라도 충실해야죠."

"보고서 다시 작성해 볼 생각은 없고?"

"보조 업무를 하면서 그걸 할 만한 능력이 안 돼요."

"오늘 직원들 야근 안 한다면서요."

그녀가 고개를 끄덕였다.

"이미 그 업무는 최 대리님께 넘어갔어요."

"하지만 아직 시작하지도 않았죠. 내일 아침부터 한다면 서요?"

"그렇기는 한데. 노 과장님도 괜찮다고 했어요. 어차피 저

같은 애한테 큰 기대는 안 했을 거예요."

"상사의 '괜찮아'를 곧이곧대로 이해하면 안 돼요."

"그럼요?"

상사가 괜찮다고 해도, 내 마음이 불편하면 그건 괜찮지 않은 거다.

결국 직장 생활도 자기만족이다.

'지금 상태라면 노 과장은 다음부터 당신에게 일을 맡길 때, 생각을 많이 하게 될 거예요.'

그렇게 한 걸음 한 걸음 한직으로 밀려나는 거다.

규모가 있는 업무와는 멀어지고, 인정받을 길도 요원해지는 것이다.

'굳이 나중의 일을 상세히 설명할 필요가 있을까?'

그녀가 노 과장의 입장이 되어본다면 금방 이해하겠지만, 지금은 무리일 것이다.

"혜주 씨. 이 테이블 약간 흔들거리죠."

"오래 돼서 그런가 보죠."

"아니에요. 다리 길이가 안 맞아서 그런 거예요."

"호호. 왜 갑자기 이야기가 그쪽으로 흘러요?"

"하나의 다리에서 받지 못하는 하중을 나머지 세 다리가 부담하고 있는 거예요."

나는 당신이 일을 수행하지 못한 만큼 다른 사람이 피해를 본다는 말을 하고 있었다.

그녀도 내 말을 이해한 듯했다.

"하지만 과장님은……."

"시간이 지나면 과장은 당신이 명령을 수행하지 못했다는 사실만 기억할 거예요. 당신의 능력에 버거웠다는 사실은 잊어버린 채 말이죠."

사실이다. 나도 그랬으니까.

결국에는 무능한 사원이라는 생각이 든다. 내가 올챙이였을 적에 겪었던 아픔은 나도 기억하지 못했었다.

'개구리가 되면 기억상실증이라도 걸리는 건가?'

"혜주 씨. 아마 내일 아침이 되면 최 대리님도 당신을 원망할 거예요. 물론 말씀은 안 하시겠지만."

"그렇겠죠?"

그녀가 난감한 표정으로 미안해했다.

"벌써부터 미안해할 필요는 없어요."

"왜요? 피해를 끼쳤는데?"

"아직은 아니잖아요. 피해를 끼치지 않을 기회가 있는데, 굳이 원망을 받을 필요는 없죠."

"과장님은 하지 말라고 했는데."

"결과가 모든 걸 말하는 거예요."

"미움받지 않을까요?"

"하지 말라는 걸 해서?"

그녀가 망설이며 고개를 끄덕였다.

"절대 아니죠. 오히려 멋있게 만들어서 '짜잔' 하고 내놓으면 기특해하실 걸요."

그녀를 보며, 장난스럽게 웃었다.

"정말 그럴까요?"

자신에게 도움이 되는 직원을 싫어하는 상사는 없다.

"좀 더 쉬면서 생각해 봐요."

자리에서 일어났다.

"전 오늘 밤에 사무실에서 할 일이 있어요."

"하지만 부장님이 다들 일찍 퇴근하라고 했잖아요."

"하하. 전 부장님 부하가 아니거든요. 그러니 말을 안 들어도 돼요."

"그럼 저도."

그녀를 내려다보며 웃었다.

"당신은 어떤 핑계를 댈 건가요?"

"아직 임시직이거든요. 말 안 들었다고 자르실까요?"

'헤' 하고 혀를 내밀며 웃는 모습이 귀여웠다.

늦둥이 막냇동생이 있다면 저런 느낌일까?

그녀의 어깨를 툭 쳤다.

"그럼 끝나고 우리끼리 저녁 먹고 들어가요. 일찍 퇴근하랬는데, 안 하고 미적거리면 눈치 보일 테니."

그녀를 두고 돌아오면서 생각을 해봤다.

'말은 잘 듣지만 일을 못하는 무능한 부하가 예뻐 보일까? 말은 좀 안 들어도 제 할 일을 깔끔하게 하는 부하가 예뻐 보일까?'

성향 따라 차이는 있겠지만, 나라면 후자를 택할 것이다.

"그나저나 오늘 뭐 먹지?"

"혜주 씨. 추운데 곱창전골 먹으러 가요."

"엑! 곱창이요?"

"왜요? 싫어요? 이런 날은 얼큰한 곱창전골이 딱 인데."

혜주는 잠깐 머뭇거렸지만, 곧 수긍했다.

난로 꼬리에서 김이 하얗게 나오는 곱창 집으로 들어갔다.

퇴근시간 직후라서 그런지, 아직 자리가 남아 있었다.

자리에 앉으며 혜주에게 물었다.

"곱창 싫어해요?"

"아뇨. 아빠가 곱창을 좋아해서 종종 먹어봤어요."

"그런데 왜 그랬어요?"

"그냥. 좀 더 깔끔한 데를 갈 줄 알았거든요."

'데이트 하니? 녀석아. 얼른 먹고 들어가서 일해야 하는데. 속이라도 든든해야지.'

혜주는 생각보다 곱창을 잘 먹었다.

냄비 속에 떠다니는 곱창을 절반 이상 골라 먹었다. 물론 내 밥공기 위에도 좀 얹어주기는 했지만 말이다.

"어머. 이 집 너무 고소하고 맛있어요."

연신 웃음을 띠우면서 잘도 주워 먹었다.

"성훈 씨. 이거 먹어요. 곱이 꽉 찼어요."

곱이 꽉 찬 녀석으로만 골라서 내 숟가락 위에 올린다.

흐뭇한 아빠 웃음을 지으면서 식사를 했다.

혜주에게 물었다.

"남자들 틈에서 일하려니 쉽지 않죠?"

"사실 아까는 좀 놀랐어요. 노 과장님이 그렇게 무서우신 분인 줄 몰랐어요. 글쎄 최 대리님이 꼼짝을 못 하시던데요!"

'이거 이거. 현장 나가면 기절하겠네.'

"남자들끼리 있으면 원래 그래요. 특히나 건설 쪽은 거친 직업이라서, 좋게 말하면 호구로 보거든요."

혜주는 오늘의 일이 충격이었던 모양이다.

"또 그런 일이 생기면, 진짜 도망치고 싶을 것 같아요."

"집에 다른 형제 없어요?"

"네. 전 외동딸이라서."

이렇게 귀여운 딸이니, 얼마나 금이야 옥이야 키웠을 것인가?

더군다나 실력으로 대기업에 들어올 정도라면, 큰소리칠 일도 한번 없었을 것 아닌가!

'왜 그런 분위기에 익숙하지 못한 줄 알겠군.'

"아빠한테 혼나본 적 없죠?"

"왜요? 아빠가 혼을 왜 내요?"

도리어 이해가 안 된다며 반문하는 통에 잠시 말문이 막혔다.

'이 사람아. 나는 개 맞듯이 맞고 컸거든.'

보통 내 나이 또래는 다 그렇지 않나? 서울에 사는 사람들은 좀 달랐을까?

"하여간 이곳에서 혜주 씨는 좀 특별나요."

"여자라서요?"

고개를 끄덕이며 시인했다.

"당신은 사무실의 꽃 같은 존재라서, 곱게 다뤄지죠. 어디나 마찬가지일 거예요."

그녀는 뾰로통하게 반응했지만, 계속 말했다.

'이 말을 해 주고 싶어서 데리고 온 거니까.'

"실력으로 말해요. 당당하게 남녀 따지지 말고 일할 수 있다고 능력을 보여주라고요. 그러면 얼마 지나지 않아서 그들과 진정한 한 팀이 될 거예요. 서로 의지가 되는 든든한 동료가. 남자들의 세계라고 해서 여자가 끓릴 이유가 전혀 없어요."

거기에 여자는 아름답기까지 하니, 오히려 남자들에게 손해가 될 것이다. 실력만 받쳐준다면 말이다.

"H대라고 했었죠?"

"네."

한국의 건축 명문 H대에서도 인정을 받는 인재였다.

얼마 전 구조대전에서 만났던 노 교수도 H대 교수였다.

"학교에서도 잘 했죠?"

"노 교수님이 저 얼마나 귀여워하셨다고요."

외모 안 따지고 실력만 보는 사람이니, 얼마나 좋아했겠는가?

아까의 그 리포트를 보면 내가 교수라도 예뻐하지 않을 수 없었을 것이다.

"일어서죠. 밤은 짧다고요."

"성훈 씨, 바람이 세네요."

어깨를 움츠리고 팔짱을 끼고는 나를 올려다본다.

이제는 좀 덜 어색해 보이는 투피스 정장에 무릎까지 오는 하프코트를 입고 있었다.

'새끼고양이 같네.'

점퍼주머니에 손을 낀 채로 팔을 벌렸다.

품안으로 쏙 들어와 착 달라붙는다.

"이제 좀 나아졌어요?"

그녀가 말없이 고개를 끄덕인다.

'부끄럽겠지. 그래도 당차네. 젊음은 좋구나.'

사실 내 가슴도 조금은 두근거렸다.

그렇게 우리는 사무실까지 걸어갔다.

이제 혜주의 보고서 초안은 다 잡혔다.

리포트의 내용을 약간씩 변화시키면서, 본문의 배치 순서를 달리 했다.

상관이 보고 싶어 하는 것 위주로.

리포트가 원인을 말하고 결과를 보여주는 연역적 구성이라면, 보고서는 지극히 귀납적 구성을 가지고 있다.

상관은 일단 예상되는 결과를 먼저 보고 싶어 한다.

식당에서 주문을 할 때, 맛을 모르면 고민을 하게 된다.

하지만 이미 맛을 알면, 고민할 필요가 없다.

먼저 결과를 알고 필요에 따라 과정을 확인하는 것이다.

어느 천년에 과정을 다 훑어보고, 결과를 확인한다는 말인가?

나도 지난 삶의 아내에게 가장 많이 했던 말이 이거였다.

'그래서 결론이 뭐냐고? 결론이!'

꼭 여자라서 그런 것은 아니지만, 여자는 결과보다는 그 과정을 즐긴다는 논문을 본 것 같기도 하다.

하지만 직장 생활을 그렇게 하다가는 퇴출 일순위에 선정된다.

결론을 채 보기도 전에 답답해서 보고서를 찢어버린다.

내 노파심일지 몰라도, 혜주에게 이 이야기를 꼭 해 주고 싶었다.

"발표하면서 쫄지 말아요. 처음이라 떨리겠지만."

"사실은 생각만 해도 두근거려요."

"당신이 긴장하면 상대도 알아차려요. 그럼 더 압박을 하려고 하겠죠. 그럴 때는 이렇게 생각하는 거예요."

"어떻게요?"

내가 배를 앞으로 툭 내밀며 말했다.

"배 째라. 배 째!"

멍석 깔아주면 못하는 사람들, 의외로 많다.

배 째란다고 진짜로 째는 사람은 없다.

오히려 '배짱 있는 놈이네.'하면서 상대도 긴장을 하게 된다.

"혜주 씨. 발표는 배짱이에요. 그냥 친구한테 말한다 생각하고 말하면 돼요. 정 답답하면, 준비해 온 서류 보고 읽기만 해도 돼요. 그들이 원하는 것은 공손한 태도가 아니라, 정보의 전달이니까요."

"그래도 떨리면 어떻게 하죠?"

걱정이 많이 되는 모양이었다.

학교에서 발표하는 것과 사회에서 하는 것은 그 중압감이 다르다.

사회에서는 실패를 용납하지 않는다.

"정 쫄린다 싶을 때는 배에 힘을 꽉 주세요. 이렇게요."

성훈이 자신의 배를 양손으로 빡빡 쳤다.

혜주가 웃으면서 손사래를 쳤다.

"어머. 사람들 많은 데서 부끄럽게. 성훈 씨. 그럴 때는 완전 아저씨 같아요."

나도 큭큭 하며 웃었다.

"생각을 해 봐요. 그런 행동까지 했는데, 부끄럽고 긴장될 게 뭐 있겠어요."

혜주가 입을 손으로 가리면서 박장대소했다.

"싫어요. 전 절대 그런 거 못해요. 성훈 씨나 많이 해요."

내가 생각해도 우습긴 하지만, 이거 의외로 효과가 있다고. 내가 직접 해 봤거든!

'어. 내가 언제 잠들었지.'

책상에서 엎드려 잠들었던 혜주가 눈을 떴다.

눈앞에서 자신을 바라보며 잠든 성훈이 보인다.

'자는 모습은 귀엽네. 행동은 아저씨 같으면서.'

성훈은 입을 살짝 벌리고 깊이 잠들어 있었다.

"음. 하읍!"

기지개를 펴다가 덮고 있던 점퍼가 뒤로 떨어졌다.

'흐음. 언제 덮어줬지?'

제 말을 하는 줄 알았던지, 성훈이 몸을 부르르 떨었다.

'푸흡!'

옷을 주워서 성훈에게 덮어주었다.

'뭐부터 해야 되지?'

혜주의 멍한 머리에 생각이 들어오지 않았다.

"거의 마무리 단계에서 잠이든 것 같은데."

서류를 뒤적이려고 하는데, 포스트잇이 눈에 들어왔다.

아마도 슬래브 부분은 선현교회 시방서 35~47페이지를 참고하세요. 3년 전에 양 부장님이 설계한 건데, 참고하기 좋아요. 특히 장스팬 슬래브는 수준이 높아요. 가급적이면 완전히 암기하도록.

-전 졸려서 이만!-

길지 않은 문장임에도 뒤로 갈수록 글씨가 괴발개발이 되는 것으로 봐서, 잠들기 직전에 썼던 모양이다.

혜주는 성훈이 말한 부분을 펼쳐 들었다.

30m가 넘는 2층 교인석이 기둥 하나 없이 설계가 되어 있었다.

"아하. 포스트 텐션을 이용했구나."

포스트 텐션(Post-Tension)이란, 간단히 말하면 콘크리트를 양생하기 전에 케이블(강선)을 묻고, 콘크리트가 완전히 굳은 다음 케이블을 당겨서 보가 처지는 것을 막아주는 공법이다.

장 스팬의 보나 슬래브를 구현할 때 사용된다.

막 출근한 노 과장에게 혜주가 서류를 내밀었다.

"과장님. 어제 제출했던 보고서를 다시 작성해 봤어요."

'할 시간이 없었을 텐데, 이걸 다시 했단 말이야?'

새삼 그녀가 새롭게 보였다.

지금까지 보아온 그녀의 성격상, 다시 제출하리라고는 생각을 못했다.

그래도 지시를 어긴 것은 문책 사유였다.

"어제 야근을 한 건가? 분명히 퇴근들 하라고 했을 텐데."

혜주가 당당하게 말했다.

"오늘의 업무에 지장은 없을 겁니다."

그녀의 상태를 위아래로 훑어보고는 보고서로 눈을 돌렸다.

'눈동자는 초롱초롱하군.'

보고서를 보는 동안, 노 과장은 몇 번이나 혜주를 봐야만 했다.

'어제 그걸 이렇게 고쳤단 말이야?'

노 과장 자신에게 필요한 항목들을 한눈에 볼 수 있도록 정리가 되어 있었다.

하루의 변화치고는 괄목상대할 수준이 아니던가!

"이거 정말 혜주 씨가 직접 한 거 맞아?"

노 과장은 믿을 수 없다는 눈으로 혜주를 올려다보았다.

"네. 확실해요. 믿기지 않으시면, 내용을 물어 보세요."

혜주의 목소리는 자신감에 차 있었다.

"흠. 평소라면 확인할 필요가 없지만……. 크흠."

어색한 기침을 하면서도 노 과장은 말을 이었다.

"이 내용을 지금 결재 서류에 첨가한다면, 오늘 있을 회의에는 직접 혜주 씨가 참가를 해야 될 거야. 발표를 할 수도 있다고. 무슨 말인지 알지."

혜주가 고개를 끄덕였다.

"그런 의미에서 몇 개만 물어보지."

노 과장의 질문이 이어졌고, 혜주는 하나도 틀림이 없이 또박또박 답변을 했다.

혜주의 말 그대로였다.

"좋았어. 혜주 씨. 그럼 이렇게만 준비해."

"알겠습니다."

"하지만 보고서가 통과했다고, 오늘 업무를 대충 넘긴다면 용서가 안 돼. 이건 원래 어제 했어야 되는 일이야."

"네. 알겠어요."

노 과장은 그녀의 보고서를 결재란에 끼워 넣으며 말했다.

"햐. 혜주 씨. 다시 봤는데, 수고했어."

"그 정도면 된 겁니까?"

"그래. 처음치고는 아주 만족스러운 수준이야. 최 대리에게는 내가 직접 이야기하지."

노 과장의 확답을 받고 나서야, 혜주는 그 자리를 떴다.

나오면서 주먹을 불끈 움켜쥐었다.

"예쓰!"

처음으로 상관에게 제대로 된 직원 대우를 받았다.

자료를 찾아오는 것이나 서류를 정리하는 것이 아니라, 건축에 관련된 업무로는 말이다.

'성훈 씨. 고마워요.'

성훈은 지금도 자료실에서 서류들과 싸움을 하고 있을 것이다.

박 부장이 물었다.

"어제는 혜주한테 못 맡기겠다면서 투덜대더니, 오늘은 또 왜 이래. 무슨 변덕이야?"

"그게. 혜주가 이렇게 해 왔더라니까요."

혜주의 보고서를 부장에게 내밀었다.

받아 든 보고서를 넘기며, 고개를 끄덕였다.

"흠. 쓸 만한 걸. 제대로 요점을 짚었어. 자네가 코치한 거야?"

"제가 그럴 시간이 어디 있습니까? 애들 서류 검토하기도 바빠 죽겠는데."

"그럼 혜주가 직접 했다고?"

"그렇다니까요."

보고서 작성과 발표는 전혀 다른 일이었다.

"그래도 최 이사랑 양 부장님 등쌀에 배겨내려나 몰라."

"자기가 하려고 하면 기회는 줘야 할 거 아닙니까?"

"알았어. 그때 가서 판단하자고. 오늘 한 시에 시작하는 거 알지? 철저하게 준비해."

"네."

이제 승부의 시간이 얼마 남지 않았다.

설계 1팀 회의실에 박 부장과 팀원들이 모였다.

최 이사와 양 부장의 팀은 이미 회의 탁자에 자리를 잡고 있었다.

빈자리 앞에 놓인 서류들이 있었다.

'저게 풀어야 할 문제들인가?'

양 부장이 말했다.

"자. 모두들 앉게."

모두 자리에 앉는데, 최 이사가 물었다.

"저 신입도 이 회의에 참석하는 건가?"

혜주를 지칭하는 말이었다.

박 부장이 반문했다.

"네. 무슨 문제라도 있습니까? 이사님?"

"쳇. 건설 군기 많이 죽었어. 예전 같으면 커피 심부름이나 해야 될 것들이."

듣는 내가 짜증이 확 났다.

"이사님. 그런 식으로 말씀하지 마시죠. 그녀도 어엿한 사원입니다. 정식으로 시험 쳐서 들어 왔고요."

"됐고. 커피나 타와!"

혜주가 일어서려 했다. 그녀를 자리에 앉혔다.

"내가 타 올게요."

사람들은 그저 내가 하는 모습을 멀뚱히 쳐다볼 뿐이었다.

커피를 갖다 주자, 최 이사가 투덜거렸다.

"왜 커피를 자네가 타 오는 건가?"

"전 회사에서 돈 주는 직원이 아니잖아요."

"젠장. 한 마디도 안 지고 따박따박 말대꾸야."

'대답을 해 줘도 지랄이냐? 침이나 뱉을 걸 그랬나!'

최 이사는 짜증이 났던지, 진행을 종용했다.

"다과회 하러 온 거야? 양 부장! 빨리 진행 안 해?"

양 부장이 한숨을 푹 쉬더니 말을 이었다.

"요청한 대로 5개를 뽑아 왔네. 박 부장네 실력이면 별로 어렵지 않을 거야."

하지만 양 부장의 입가에 걸린 미소를 보자면, 저 말은 순 거짓말이었다.

'제발 우리가 준비한 것이 있기를.'

박 부장이 말했다.

"일단 검토를 하고 우리끼리 회의를 좀 하겠습니다."

박 부장이 서류를 검토하며 말했다.

"성훈 군. 예상한 대로 슬래브랑 와이어가 나왔군."

"둘 다 쉬워 보이지는 않는데, 와이어 쪽은 좀 애매해요."

"왜? 오히려 그쪽이 간단명료해 보이는데."

"느낌이에요. 뭔가 미끼를 흔드는 것 같아요."

양 부장을 슬쩍 쳐다보니, 그는 느긋하게 우릴 바라보며 차를 마시고 있었다.

"일단 슬래브 문제를 해결하면서, 저 팀에서 와이어 문제에 어떤 장난을 쳤는지 확인해 보죠."

"그래. 자네 말이 일리가 있군. 슬래브 쪽은 오히려 장난 칠 곳이 없어. 정공 승부로 가면 되겠군."

"애매한 것보다는 확실한 곳에 승부를 걸어야 할 때죠."

우리는 다시 자리로 돌아갔다.

회의는 순조로웠다.

양 부장의 팀원들이 던진 질문에 기존 공법으로 가능하다는 구조적 해석과 설계 변경을 통한 해법을 내놓았다.

방어와 동시에 반격으로 진지를 구축하듯, 그들이 건네준 문서의 한 페이지 한 페이지를 우리 것으로 만들어갔다.

때때로 날카로운 질문들이 쏟아져 나왔지만, 노 과장을 비롯한 팀원들은 침착하게 그 위기를 잘 넘겼다.

양 부장이 말했다.

"역시 잔 펀치로는 쓰러지지 않는군. 박 부장. 애들 교육이 아주 잘 되어 있어."

박 부장이 희미하게 웃었다.

"아무렴. 양 부장님 팀만 하겠습니까?"

"그럼 이제 다른 식으로 접근해야겠군."

양 부장이 자리에서 일어나 전방의 쾌도로 향했다.

'아까부터 궁금했던 건데, 저게 뭐지?'

양 부장이 웃으며, 쾌도의 페이지를 넘겼다.

"자네들도 문제점을 인식하고 있을 테니, 긴 설명은 하지 않겠네. 문제는 이 부분일세."

그가 지휘봉으로 지적하는 부분은 슬래브의 단면이었다.

양 부장은 슬래브의 양 끝단을 봉으로 죽 그었다.

"층고를 낮추고, 자체 하중을 최소화하기 위해서 중공슬래브를 쓴다는 것도 좋아. 하지만 그것만으로 보기에는 슬래브의 스팬이 과도하게 넓어. 기둥 간격이 10m가 넘는다고."

그 부분에 대해서는 굉장히 많이 고민했던 부분이다.

내 구조대전 출품작이 완벽하다고는 절대로 말할 수 없다.

그것이 점수를 많이 받았던 것은 가능성이었다.

아무나 시도하지 못하는 공법을 시도했고, 층고를 낮추기 위해 고심했던 흔적을 심사위원들이 인정한 것이었다.

'학생 작품을 현재에서 사 가리라고 생각이나 했겠어?'

박 부장이 말했다.

"양 부장님. 이 문제에 대해서는 원설계자인 성훈 군이 답변하는 게 가장 적절할 것 같군요."

"그러게. 나도 직접 설명을 듣고 싶었으니 말일세."

일어서서 괘도가 있는 곳으로 걸어갔다.

전체를 보며 설명하기에는 그것이 더 나았다.

"이 부분은 설계 초기에서부터 고민을 많이 했었던 부분입니다. 이론상으로는 가능하나, 빠듯하게 한계치를 넘기지 않았던 부분입니다. 실제 현장에서 배근에 실수라도 있는 날이면, 큰 사고로 이어질 것입니다."

그 말에 좌중들이 고개를 끄덕였다.

"맞아요. 현장에서 무슨 일이 생길 줄 알고."

"그러게. 일일이 확인하러 다닐 수도 없는 거잖아."

그렇다.

직접 시방서대로 잘 되었는지 확인만 할 수 있다면 되는 것이었다.

그들의 염려는 충분히 수긍할 수 있는 부분이었다.

"네. 맞습니다. 가장 염려가 되는 것은 현장을 확인할 수 없다는 것입니다."

양 부장도 수긍하며 고개를 끄덕였다.

"나도 그 부분이 제일 고민이라네. 과연 도면대로 제대로 시공될 것인가?"

"그래서 저는 현장의 제작 방식을 바꾸려고 합니다."

"어떻게?"

사람들의 시선이 집중되었다.

"공법이 아니라, 현장의 제작 방식을 바꾼다고?"

"네. 현장에 슬래브를 제작하는 공장을 만들려고요."

"엉? 자세한 설명이 필요한데."

"현장에서 슬래브를 만들고, 완성된 슬래브를 타워크레인으로 올려서 끼울 겁니다."

실현 가능한 것인지의 논의가 잠시 이어졌다.

실제로 프리스트레스 방식의 기둥이나 보는 공장에서 제작되어 운반되며, 교량 공사 시에 많이 사용된다.

"왜 그것을 공장에서 하지 않고, 현장에서 하느냐고 물으신다면 가로세로 10m가 넘는 슬래브를 운반하기 어렵기 때문입니다. 그 와중의 파손도 무시할 수 없구요."

양 부장이 내 설명의 뒤를 덧붙였다.

"그렇게 진행할 수 있다면, 현장에서 시공 상태를 확인하기 위해, 현장기사들의 불필요한 움직임은 최소화할 수 있겠군."

"네. 그리고 균일한 제품이 생산되겠죠."

실제로 그렇게 할지, 다른 방법을 찾게 될지는 모르겠지만, 불가능한 방법은 아니었다.

양 부장이 나를 웃으며 쳐다본다.

'만만치가 않은 놈이야!'하는 눈빛이다.

'양 부장님. 말로 안 해도 다 들립니다.'

"그렇다고 해도 아직 완전한 해법은 아니야. 여전히 얇아. 하중이 걸렸을 슬래브의 처짐은 분명히 발생할 거야."

"제가 현장에 공장을 차리려는 이유에는 그 고민도 포함되어 있었습니다."

양 부장은 뭔지 말해 보라며, 고갯짓을 했다.

'또 무슨 말을 하는지 보자.'라며.

"저는 양방향 슬래브를 제작하면서, 어떻게 하면 처짐을 최소할 할 수 있을지를 고민했습니다."

처짐의 최소화라고 한 것은 당연한 말이었다.

어떤 건물이든 처짐이 발생한다.

느끼지 못할 뿐이다.

고로 처짐이 없는 건물이다.

라고 단언하는 것은 잘못된 말이다. 0.1nm(나노미터)라도 처짐은 발생한다.

하지만 법적으로 정한 −구조적으로 안전한− 기준에만 들어가면 되는 것이다.

"두 가지 방법이 있습니다."

"첫째. 프리텐션 공법입니다."

프리텐션 공법이란 콘크리트를 굳힐 당시에 미리 인장력을 가한 강선을 삽입하고, 콘크리트가 완전히 굳어 일체화시킨 뒤, 인장력을 풀어버리는 것이다.

그러면 콘크리트 제품 자체에 강선의 인장력이 가해져서 휨이나 처짐에 강한 부재가 된다.

양 부장이 물었다.

"그렇게 해서 슬래브의 처짐을 잡아내겠다? 좋은 생각이야. 그럼 나머지 하나는?"

"그 방법으로 거의 처짐을 잡을 수 있을 거라 생각하지만, 완전하지 못할 경우에는 슬래브의 한 면을 쉘(곡면)로 만들어버릴 겁니다."

"단면이 증가하는 만큼 강해지겠군. 쉘의 비는 부분은 전기 배선 등의 잡다한 필요 공간이 활용할 것이고. 그렇지?"

"네. 맞습니다."

"좋아. 거기까지는 내 인정하지."

내 얼굴을 보며, 양 부장이 말을 이었다.

"그럼. 다음 페이지, 다음 페이지."

괘도를 넘기면서 혼잣말 하듯 말했다.

"흠. 그럼 이건 말해 봐야 소용없겠고. 이것도 그러네."

비슷하지만, 약간 다른 문제를 안고 있는 슬래브들이었다.

하지만 아까 말한 프리텐션공법으로 해결이 가능했다. 현장에서 만들기에 가능한 방법이었다.

양 부장이 나를 쳐다보며 피식 웃었다.

"하나 얘기해 놓고는, 여러 개를 해결해 버렸네. 젠장."

계속 페이지가 무의미하게 넘어가니 짜증이 났던 모양이다.

그동안 고생한 보람도 없이 말이다.

"우리 곰탱이들은 왜 그 생각을 못한 거냐고! 박 대리!"

"네!"

"지하층 도면, 몇 페이지야!"

"36페이지입니다."

내가 얼른 36페이지를 잡아 넘겼다.

양 부장이 볼살을 씰룩거렸다.

"고마워. 성훈 군."

"별 말씀을요!"

"생각하기 따라서 다르겠지만, 이번에는 만만치 않을 거야."

양 부장이 말을 이었다.

"자네의 디자인은 건물의 구조미를 살리기 위해서, 하중을 받는 철골 기둥들이 노출되어 있다. 그렇지?"

"네. 맞습니다."

굳이 구조미를 살릴 필요가 없다면, 철골 기둥을 노출시킬 이유가 없다. 하늘로 쭉쭉 뻗는 선들은 아름답기 그지없었다.

나는 아름다운 건물을 만들고 싶었다.

"그리고 각 빔(보 : Beam)의 하중은 와이어를 통해서 주 기둥으로 하중이 연결되지. 'Y'자 모양으로 말이야."

"그렇습니다."

"구조대전을 할 당시에는 그런 부분까지 신경을 쓸 여력이 없었나 보더군."

'그게 무슨 말이지?'

그러면서 지하층의 측면도를 지적했다.

응당 있어야 할 와이어가 보이지 않았다.

'아차!'

구조의 노출만 생각했었지, 지하층은 미처 신경을 쓰지 못했었다.

시간이 부족하기도 했었고.

아니, 아예 지하층 도면은 생각도 하지 않고 있었다.

양 부장이 내게 미소를 지었다.

"보이지 않는 부분이라고 소홀했던 모양이야."

각 기둥들의 거리가 먼만큼, 그 사이 빔들의 휨을 방지하기 위해 와이어를 설치했던 것이다.

그 와이어들이 없는 빔은 휘어지고 만다.

그러나 지하층에서 빔들을 노출시킬 수도 없거니와 와이어를 설치할 수도 없다.

나중에 문제가 발생했을 때, 어떤 식으로 교체를 하라는 말인가?

급히 답변을 하려는데, 양 부장이 선수를 쳤다.

"물론 콘크리트로도 가능해. 빔의 두께를 늘이는 것으로도 충분히 가능해."

그의 말투에서 놀림의 기운도 살짝 느껴졌다.

내 답변에 따라서, 다음에 양 부장이 해결책을 제시할 때도 똑같은 방법을 쓸 것이다.

'그러면 내 건물은 비만 철골 쓰레기가 되겠지!'

그렇게 되면, 최 이사에게도 비웃음을 당할 것이다.

양 부장은 '빔 두께를 늘려서 하중을 잡는 걸 누가 못하냐?'라고 말하고 있었다.

'젠장. 말할 뻔 했다. 빔 두께를 늘리겠다고.'

오히려 양 부장에게 고마웠다.

그의 말이 계속 이어졌다.

"하지만 지금까지 하이테크를 이야기했던 성훈 군은 그런 무식한 방법 말고 다른 방법이 있을 거라고 생각하거든."

그렇다.

이건 자존심 문제다.

지금까지 계속 입으로는 하이테크를 지껄여 놓고, 불리해지니까 이제 와서 양으로 밀어붙인다고?

잠시 말문이 막혔다.

양 부장의 계속되는 선공에 승기가 굳혀졌다고 느꼈던 모양이다.

최 이사가 통쾌하다는 듯 비웃었다.

"흥. 예쁜 건물이 밥 먹여줘? 건물에 미적 감각이 왜 필요해? 바람 막고 비만 막으면 되는 거야. 다 그렇게 살아왔어. 우리나라가 그렇게 성장한 거야. 알아?"

'그게 건설업계 중역이 할 말이냐? 그럼 양복은 왜 입어? 누더기 걸치면 되지!'

내가 잠시 대답을 못하자, 기세를 올렸다.

"그러게 뭐 하러 하이테크를 타! 그냥 콘크리트로 굵게 하면 아무런 문제도 없잖아."

'양 부장이 말한 무식한 방법이 바로 그거라고. 알아?'

최 이사의 근시안적인 해법에 짜증이 났다.

'하지만 지금은 그래서는 안 된다고. 이제는 건축도 아름다움을 추구해야 살아남을 수 있단 말이야! 언제까지 남의 디자인 하청만 할 건데?'

1970년대의 국가적 생존전략이었던 건설을 무시할 생각도, 그때의 산업역군들을 무시할 생각도 없다.

그때는 그것이 최선이었다.

하지만 언제까지나 사라져가는 추억을 정석이라 믿으며 살아갈 수는 없지 않겠나!

과거는 인정하되, 현재의 변화 또한 수용해야 미래를 보장

받을 수 있다.

하지만 이렇게 열세인 상황에서는 그런 말을 할 수 없었다.

'어제 분명히 이 부분을 떠올렸었어.'

그런데 피곤함에 쩔어서 자료를 찾다가 잠이 들어 버렸었다.

'젠장. 분명히 양 부장이 디자인한 건물이었는데. 그게 뭐였더라.'

아무리 생각해도 뭔가에 막힌 듯 떠오르지 않았다.

'분명히 이 부분이 쟁점이 될 거라 생각해 놓고도.'

돌덩이 같은 내 머리를 탓할 수밖에 없었다.

그런 나를 보며 양 부장이 웃으면서 돌아섰다.

"이런! 그 부분은 미처 놓친 모양이군. 내가 해결책을 제시해 볼까? 그걸 설명하면, 우리 팀의 승리로……."

혜주가 손을 슬그머니 들었다.

'이런 분위기에 내가 나서도 되는 거야?'

그녀의 눈에 성훈의 분해하는 모습이 들어왔다.

박 부장이 물었다.

"혜주 씨, 뭐 할 말이라도 있나?"

패색이 짙어가는 상황이라, 박 부장도 좀 힘이 빠진 모습이었다.

"부장님, 제가 저 부분을 설명해 봐도 될까요?"

박 부장의 얼굴에 흥미가 어렸다.

"그래? 해결책이 있어?"

"박 부장! 여기가 애들 장난치는 자리야?"

최 이사였다.

승기를 거의 굳혀가던 상황이었는데, 2팀의 막내가 나서자 그는 심기가 아주 불쾌해졌다.

그가 혜주를 보며 말했다.

"이것 봐, 여직원! 이 자리는 자네 같은 애송이가 나설 자리가 아니라고!"

박 부장이 혜주에게 눈짓했다.

'정말 알고 말하는 거야? 아니라면 팀 전체의 망신이 된다고!'

혜주를 내세웠는데도 결과가 좋지 못하다면, 분명히 최 이사는 '저런 것들한테도 발언권을 주느냐. 무슨 팀이 이따위냐'며 꼬투리를 잡고 망신을 줄 것이다.

망신만 당하면 다행이게!

그녀를 어떤 이유로든 퇴출시킬 것이고, 차후 박 부장의 행보에도 이번의 예를 들어 제동을 걸 것이 분명했다.

성훈이 혜주에게 물었다.

"어제 제가 말한 부분, 다 암기했어요?"

혜주가 긴장된 모습으로 고개를 끄덕였다.

"부장님! 기회를 한 번 주시죠?"

박 부장은 미심쩍은 표정이었지만, 성훈이 확신을 가지고 고개를 끄덕이자, 뭔가가 있음을 눈치챘다.

'따로 준비한 것이 있다는 말이겠지. 믿어보는 수밖에.'

"어차피 여기서 지면 끝이야. 혜주 씨, 발언해!"

최 이사가 인상을 팍 썼다.

"이게 뭐야! 박 부장. 망신 한번 제대로 당하고 싶어!"

막내라고 해서, 혹은 여자라고 해서 발언을 못할 이유는 또 뭔가?

성훈이 최 이사를 똑바로 보며 말했다.

"이사님, 그녀도 당당하게 시험을 치루고 입사했습니다. 능력을 확인 받은 바는 없지만, 발언할 기회는 줘야 하는 것 아닙니까? 그냥 커피 심부름이나 시킬 거면 다방 아가씨나 데리고 오지, 시험은 왜 쳤습니까?"

"너 이 새끼! 어디서 건방지게."

양 부장도 긴장되기는 마찬가지다.

어차피 발언권은 줘야 되는 분위기였다.

'그렇다면 뭔가 딜이라도 걸어야겠지. 보아하니 이런 자리는 처음인 것 같은데. 긴장하면 안 할 실수도 하는 법이지!'

양 부장 자신도 이 승부에 본사 복귀가 걸려 있었다.

'승부에 어설픈 동정은 금물이지. 아무렴!'

"혜주가 제대로 답을 못 하면 우리가 이기는 걸로 해도 되는 건가? 성훈 군?"

'양 부장은 혜주에게 부담을 주고 싶은 모양이군.'

그런 의도라면 충분히 혜주에게 먹힌 것 같았다.

그녀의 얼굴이 사색이 되었으니 말이다.

자신의 발표에 따라서 승부가 결정된다고 해보라.

승부차기 전문 선수도, 승패가 갈리는 상황에서는 실축을 하는 법이다.

이런 경우는 실력보다 배짱이 승부를 좌우한다.

사람들의 이목이 모두 혜주에게 집중되었다.

어찌나 스트레스를 받았던지, 혜주는 아랫배가 아파왔다.

'윽!'

그녀는 저도 모르게 아랫배를 움켜잡았다.

그 모습을 본 최 이사가 비웃었다.

"왜! 갑자기 생리라도 왔나. 여자니까 이해하지. 얼른 화장실에나 가라고. 크크."

그녀의 미간이 찌푸려졌다.

동시에 다른 사람들의 인상도 썩어 들어갔다.

'이사라는 인간이 꼭 저런 저급한 말을 해야만 하는가!'

과연 그녀는 이렇게 중압감에 지고 말 것인가?

혜주는 간절한 눈으로 성훈을 바라보았다.

그 순간 성훈이 자신의 배를 양손으로 후려쳤다.

퍽퍽.

킹콩이라도 되듯이 말이다.

'뭐해! 얼른 따라해!'

성훈의 눈이 그렇게 말하고 있었다.

혜주의 얼굴이 찌그러졌다.

'정말 이렇게까지 해야 하는 거야?'

얼마나 부끄럽고 꼴불견이 모습이 될 것인가?

40대 아저씨들도 하지 않는 행동이 아니던가?

'못해!'라며 고개를 저으려 하는데, 그녀의 눈에 비릿하게 웃고 있는 최 이사의 모습이 보였다.

이미 승리를 거머쥔 듯 팔짱을 낀 거만한 모습이었다.

'난 몰라. 이제 회사 어떻게 다니라고.'

하지만 망신만 당하고 쫓겨나는 것보다는 뭐라도 해보는 것이 백배 낫다.

승부는 걸어야 할 시점이 있다.

그녀가 숨을 크게 들이쉬었다.

"후읍."

혜주는 눈을 질끈 감고, 양손을 번쩍 들었다.

'이럴 줄 알았으면, 연습이나 해둘걸!'

사람들의 시선이 눈감은 혜주에게 꽂혔다.

'저게 뭐야?'라는 시선일 것이다.

팡팡.

전력으로 아랫배를 내려쳤다.

방금까지 찌르듯이 아팠던 아랫배가 갑작스러운 충격 때문인지 아픔이 사라져 버렸다.

눈을 뜨니, 사람들이 자신을 보고 있었다.

얼굴이 후끈 달아올랐다.

'잉, 몰라. 이판사판이야!'

그사이 사람들의 눈이 성훈과 혜주 사이를 오갔다.

'이건 뭐지?'라는 눈빛.

그 모습을 본 성훈이 흐뭇하게 웃었다.

'드디어 준비가 됐군.'

"네, 양 부장님 말씀대로 하죠."

양 부장이 너털웃음을 터뜨리며 허락했다.

"허허. 이거 참! 좋아. 혜주 씨, 시작해 봐!"

혜주의 발표가 시작되었다.

처음의 떨려 나오던 목소리는 공법을 설명하면서는 완전히 안정되었다.

지금은 또박또박한 목소리로 설명을 하고 있다.

알고 있는 것을 말하는데, 망설일 이유가 없다.

명료하게 요점을 짚어가며, 설명하는 혜주에게 좌중의 시선이 집중되었다.

그녀는 이제 살짝 웃음을 머금고 있었다.

"저 빔의 처짐 문제는 아까 설명 드린 바와 같습니다."

불만스러운 표정의 최 이사가 말했다.

"흥. 이론으로 건물 짓나? 선례라도 대고 말을 해. 말로는 뭘 못 하겠어?"

그러나 혜주는 그에게도 미소를 보내며 답했다.

질문을 기다렸다는 듯 한순간의 지체도 없이 말이다.

"선례로는 삼 년 전 양 부장님께서 설계하신 선현교회 예배당을 들 수 있습니다."

최 이사의 얼굴이 일그러졌다.

양 부장은 눈가 주름이 꿈틀거렸다.

혜주가 지금 말하는 선현교회 예배당은 그의 숨겨진 자신작이었다.

장스팬의 빔 말고는 크게 눈에 띄지 않으므로 학계에서 크게 주목받지 못했지만, 자신만은 그 구조의 진가를 알고 있었다.

'대체 무슨 수로 그걸 찾아낸 거지.'

혜주 말대로 30m 정도의 빔을 기둥 없이 해결하기 위해, 슬래브를 지탱하는 보에다가 포스트텐션 방식으로 처리한 것이었다.

이따금씩 혜주가 설명을 하다가 한 곳으로 시선이 머무는 것이 보였다.

혜주는 성훈을 보면서 말을 하고 있었다.

'크, 또 저 녀석이군. 대체 그걸 어떻게 찾아낸 거지? 설마 자료실을 다 뒤진 거야? 미치겠구만!'

이건 제대로 뒤통수를 맞았다.

하지만 어디를 가서 하소연을 할 것인가!

건물의 한 층을 차지할 정도로 넓은 자료실에서 찾아냈을 것인데 말이다.

성훈은 지난 삶에서, 양 부장의 설계를 보고 놀랐던 기억이 있었다. 물론 그때는 설계자가 누군지도 몰랐다.

자료실을 찾다가 아는 도면이 보였고, 추억을 떠올리며 혜주에게 보여주려고 가져왔을 뿐이다.

일반적으로 7, 8m마다 기둥이 박히는 게 상식이었다.

철골구조라고 해도 10m에 하나씩은 박혀야 안정적이라고 알고 있었는데, 기둥도 없이 30m의 보를 지탱할 수 있다는 것이 그 당시에는 이해가 되지 않았기 때문에 기억하고 있었다.

그의 선현교회 예배당 설계도는 슬래브의 처짐을 과감한 공법의 적용을 통해 적절히 해결했다는 선례가 되어, 2, 3년 뒤에는 학생들의 참고서에 실리게 된다.

하지만 그건 성훈만이 알고 있는 몇 년 후의 미래였다.

"허허."

양 부장이 놀란 얼굴로 성훈을 바라보았다.

성훈이 고개를 까딱하면서 인사를 했다.

'저건 또 무슨 의미야?'

양 부장은 성훈의 마음을 알 리가 없었다.

'당신 덕분에 많이 배웠습니다'라는 의미라는 것을.

혜주의 발표는 계속 이어졌다.

"저는 이 빔의 처짐을 선현교회에서 적용했던 포스트텐션 공법으로 충분히 해결할 수 있을 거라고 확신합니다."

그녀의 발표가 끝났을 때, 최 이사는 패배를 직감했다. 그의 얼굴이 패배감에 물들었다.

'저런 새파란 년에게 지다니, 병신 같은 것들.'

일의 원흉이 된 혜주를 노려보았다.

그러나 혜주는 꿀림 없이 당당하게 인사를 했다.

"이상입니다. 최 이사님."

혜주의 프레젠테이션은 성공적으로 끝을 맺었다.

자리로 돌아가는 그녀를 보며 양 부장이 말했다.

그는 씁쓸한 미소를 머금고 있었다.

그들의 숨통을 끊은 마지막 비수가 자신의 설계였으니, 그 마음이 오죽했으랴!

"끝난 건가?"

"네, 끝났어요."

잠시 침묵이 이어졌다.

양 부장이 팀원들을 돌아보며 물었다.

"반론할 말 있는 사람?"

아무도 없었다. 아까의 그 문제가 최후의 공격이었던 것이다.

"졌네. 총알이 다 떨어졌어."

양 부장이 말했다.

"쩝. 우리가 진 건 진 거고. 승리는 축하해 줘야지."

양 부장이 일어서며 박수를 쳤다.

그리고는 뒤의 팀원들에게 말했다.

"니들은 안 치냐? 나 쪽팔리게 할 거야?"

팀원들은 최 이사의 눈치를 보고 있었다.

막 폭발하기 직전의 최 이사를 말이다.

다 된 밥에 코를 빠뜨린 것도 열 받아 죽겠는데, 그걸 빠뜨린 사람이 최 이사가 깔보던 여직원이었다.

양 부장이 그 모습을 보며 속으로 혀를 찼다.

'이사라는 양반이 밴댕이 소갈딱지도 아니고!'

타인의 성공에 박수를 칠 줄 알아야, 나중에 자신도 그 자리에 섰을 때, 박수를 받을 자격이 있다.

팀원들을 돌아보며 일갈했다.

"전원 기상!"

십수 명의 사람이 한 치의 오차도 없이 일어섰다.

"박수!"

양 부장의 명령에 시작된 박수였지만, 그들의 얼굴에도 웃음이 띠여 있었다.

누군가는 혜주에게 엄지를 슬쩍 들었다. 최 이사가 못 보도록 가리고서 말이다.

결국 최 이사는 화를 못 이긴 채 자리를 박차고 나가 버렸다.

쾅.

밖에서 최 이사의 고성이 들려온다.

"김 부장! 결재 서류 안 올려? 제대로 일하는 놈들이 하나도 없어! 이따위로 일할 거면 몽땅 때려치워!"

박 부장도 팀원들을 일으켜 세우고 인사를 하며 그들의 박수에 동참했다.

양 부장이 웃으며 말했다.

"오늘은 자네 팀의 승리를 인정해주지. 하지만 우리 반격이 만만치는 않을 거야."

"운이 좋았습니다. 다음엔 우리 사무실에 오셔서 복수전을 하셔야죠. 철저히 준비하고 기다리겠습니다."

1차전은 설계 2팀의 승리로 끝이 났다.

양 부장이 작별 인사를 했다.

"혜주 씨, 수고했어."

혜주가 허리를 숙여서 감사를 표했다.

"기회를 주셔서 감사합니다. 부장님."

'잘했어, 혜주'라는 말과 함께 퍽퍽 하는 소리가 들렸다.

양 부장이 제 배를 치면서 호탕하게 웃었다.

혜주는 아까의 기억이 떠올라 얼굴을 감싸며, 도망치듯이 회의실을 나가 버렸다.

모든 팀원이 바로 회의실로 모였다.

"혜주 씨, 대단해! 그게 나올 거라고 예상하고 있었던 거야?"

엄지를 세우는 노 과장의 말에 혜주는 자신의 파일에 붙은 노란 포스트잇을 떼어내어 흔들었다.

"이것 때문이죠."

노 과장이 그것을 잽싸게 채갔다.

"뭔데? 이거 성훈 씨가 쓴 거네."

"네, 맞아요."

그는 의문스럽다는 듯 물었다.

"언제 준 건데?"

"어젯밤에요."

노 과장의 장난기가 발동했다.

"흐흠. 그럼 어제 둘이 같이 잤어?"

혜주의 눈이 동그래졌다.

'아직 시집도 안 간 처녀한테 무슨…….'

"과장님!"

혜주가 빽 소리를 질렀다.

"아이고. 귀야. 미안해. 장난친 거야."

"흥!"

"혜주 씨, 어쨌거나 성훈 씨가 가르쳐 줬다는 거지."

"네."

아직 혜주의 볼은 상기되어 있었다.

그녀의 모습을 보고, 노 과장은 더 장난을 치고 싶었다.

항상 조용하게 자기 할 일만 하던 혜주였는데, 오늘 모습은 많이 의외였기 때문이리라.

"그런데 그건 뭐야?"

"무엇 말씀이세요?"

노 과장은 큰 포즈로 양손을 들고는 배를 내려쳤다.

퍽퍽.

아프지 않을까 싶을 정도로.

"이거!"

다시 혜주의 볼이 빨개졌다.

"몰라요. 성훈 씨한테 물어 보세요."

그녀는 화장실 간다면서 나가 버렸다. 있어봐야 놀림거리밖에 안 된다는 것을 알기에.

"성훈 군, 그걸 어떻게 찾아냈나? 삼 년도 넘어서 구석에 처박혀 있었을 건데. 양 부장님 작품이라는 걸 알고 일부러 그런 건가?"

노 과장도 맞장구를 쳤다.

"그래, 난 솔직히 생각도 못 했어. 양 부장님을 물리치는데, 양 부장님 작품을 쓰다니 말이야. 부장님 속 좀 쓰리시겠는데. 하하하."

모두의 시선이 성훈에게 집중되었다.

사실대로 말할 수는 없지 않은가?

미래에는 그게 참고서에 나올 정도로 유명해진다고는.

그냥 얼버무렸다.

"뭐. 그냥 찾다가 보니 얻어 걸린 겁니다."

"그래도 대단했어. 그게 역전의 한 수가 되었잖아, 난 아까 짜릿했다고. 양 부장님 얼굴이 확 변하는데 말야. 하하."

"그래도 그걸 외우고 발표한 사람은 혜주 씨죠. 전 사실 어제 잠이 와서 기억도 잘 안 나요."

오늘의 공은 혜주에게 온전히 돌려야 한다. 한 사람의 몫을 해냈다는 기쁨은 그녀가 사회생활을 하는데, 두고두고 기억으로 남을 것이다.

'후. 그래도 잘돼서 다행이다.'

더 있으면 무슨 이야기가 나올지 뻔히 보였다.

'배를 퍽퍽 치면서 그게 뭐냐고 물으며 놀리겠지.'

혜주를 이은 희생양이 되고 싶지 않았다.

"부장님, 저 잠 와서 자러 가려는데 괜찮을까요?"

"그래, 그래. 밤새운다고 고생했어."

41장
스타타워
프로젝트(1)

"그럼 오늘 하루는 쉬고, 내일 다시 시작하자고."

"네."

"딴 데로 새지 말고 일찍 들어가! 내일 해롱거리는 놈은 죽을 각오하고."

모두 즐거운 얼굴로 나가는데, 부장이 말했다.

"노 과장은 나 좀 보고 가지."

과장이 자리에 앉자, 부장이 물었다.

"혜주랑 얘기해 봤어?"

과장은 어제 혜주와 성훈에게 무슨 일이 있었는지를 말했다.

부장이 고개를 끄덕였다.

"이제 이해가 되는군."

"뭐가 말입니까?"

"어제 혜주 보고서랑 오늘 것이 완전히 달랐다고 했지?"

"네. 그럼 부장님은?"

"내 말은 성훈 군이 옆에서 코치해준 거라고."

"하지만 오늘 혜주 보셨잖아요. 그게 말 몇 마디로 코치한 다고 될 일입니까? 제가 직접 물어봤습니다. 성훈이가 어디 까지 도와줬냐고."

박부장이 귀를 쫑긋 세웠다.

"그러니까. 뭐라고 하던데."

"보고서 작성 요령이랑 자료 찾는 방법까지만 가르쳐준 모 양이던데요."

박 부장이 신음성을 토했다.

"허. 그래? 대단한데."

"네. 그렇죠. 가르친다고, 금방 할 수 있는 게 아닌데 말이 죠. 혜주를 그렇게까지 높이 평가하지는 않았는데."

박 부장의 생각은 좀 달랐던 모양이다.

"혜주 말고 저 녀석 말이야."

"네. 무슨 말씀이세요? 혜주가 다 한 거라니까요."

오늘 노 과장의 모든 초점은 혜주에게 꽂혀 있는 모양이 었다.

부장이 한숨을 내쉬었다.

"너. 혜주 하루 만에 그렇게 가르칠 수 있냐?"

"음. 그건 어렵죠."

고기를 잡아 주는 것보다 잡는 방법을 가르치는 것이 훨씬 더 어렵다.

"저 녀석은 그걸 해냈다고."

"그러네요. 좀 대단하다는 생각이 드네요."

박 부장이 확신하며 말했다.

"저 녀석 어디선가 분명히 직장 생활 해본 놈이야. 그것도 제대로 말이야."

"말씀을 들으니, 그런 것도 같습니다."

"알아서 잘할 것 같으니, 뒤에서 지원이나 잘 해줘."

박 부장이 서류를 들고 자리에서 일어났다.

"네. 부장님. 퇴근 안 하십니까?"

"보고는 하고 가야지. 목이 빠져라 기다리고 있을 텐데."

"전무님, 최 이사 코가 납작해졌습니다. 하하하."

"아주 잘했다고 하더군. 그 팀 막내 아가씨가 혜주라고 했던가?"

"네. 성훈 군이 대단한 활약을 했다고, 박 부장이 그러더군요."

"안전모가?"

"실제적으로 혜주를 뒤에서 움직였다고 합니다."

"흠. 어쨌거나, 최 이사는 똥줄이 탔겠는걸."

"내년에 주주총회 때까지 실적이 없으면, 놈은 이사 자리를 내놔야 할 겁니다."

"그런 만큼 더 강하게 푸시를 하겠지. 내년이라고 해 봐야, 석 달도 안 남았어."

"그때까지군요. 놈의 목숨도."

"그렇지. 그 전까지 서 전무가 돌아오지 않으면, 놈도 어쩔 수 없겠지."

"그때는 부사장님이 되어 계실 겁니다."

"그건 그렇고, 이 건에 사장님도 관심을 기울이고 계시니 특별히 신경을 쓰도록."

"우리가 이겼다고 소문을 내면 어떻겠습니까? 전무님."

황 전무의 눈이 반짝거렸다.

"오호. 그거 좋은 생각이야."

"그러면 애매하게 중립을 지키고 있는 이사들도 전무님 쪽으로 붙을 수밖에 없을 겁니다."

"그놈들도 많이 불안할 거야. 서전무가 알래스카로 간 지도 어언 반년이 다 되어 가는군."

"그동안 서 전무보다 전무님이 뛰어나다고 눈도장을 찍어야겠지요."

"좋아. 그렇게 하게."

다음 날 아침.

최 대리가 말했다.

"혜주 씨, 이거 복사 좀 해 줘요."

"네."

혜주가 자리에서 일어서는데, 노 과장이 말했다.

"최 대리."

"네. 과장님."

"직접 해."

"네? 네. 알겠습니다."

잠시 어리둥절하던 최 대리가 혜주에게 넘기려던 서류를 들고 복사기로 향하며 말했다.

"혜주 씨는 하던 일 계속해요."

노 과장이 자리에서 일어났다.

"얘들아. 어제부로 혜주 씨 수습 딱지 뗐다. 잔심부름시키다가 걸리면 죽는다. 알았어?"

"네."

혜주가 노 과장에게 고개를 살짝 숙이며 인사를 했다.

"앞으로는 이름 부를 테니. 그렇게 알아. 그리고 여기 있는 놈들이랑 똑같이 대할 테니. 각오하고. 알았어?"

혜주가 벌떡 일어서며 말했다.

"네. 과장님!"

그녀가 나를 향해 눈인사를 했다.

고맙다는 의미겠지.

신입사원은 누구나 실수를 한다.

실수를 하지 않는 것이 가장 좋겠지만, 그 실수를 만회하는 과정에서 더 좋은 평가를 받을 수도 있다.

상사는 새삼 다른 눈으로 부하를 바라보게 되며, '아. 이 친구는 스스로 극복을 할 열정이 있구나.'라는 각인을 하게 된다.

혜주는 이 과정을 스스로 극복했다.

'물론 내 도움이 있었다고는 하지만, 결국 하는 것은 자기 자신일 테지.'

그녀는 자신의 힘으로 이 사람들과 동료가 되어, 어엿한 사회인으로 새로운 발걸음을 내딛고 있었다.

'기특하네. 정말.'

어엿한 사회인(社會人)이란 사회의 일원으로서 홀로서기에 성공한 사람을 말하는 것이 아닐까?

홀로서기란 남에게 기대지 않는 걸 의미하고, 기대지 않는다는 것은 부담을 주지 않는다는 말과 같다.

단순히 돈을 많이 번다고, 남들이 부러워하는 직업을 가졌다고 해서 반드시 '어엿한 사회인'은 아니라는 것이다.

동료들에게 그 사회의 일원으로 인정받는 사람, 그가 바로 어엿한 사회인일 것이다.

그녀를 돕고 싶었던 것은 내 지난 삶에서 겪었던 아픔을 다른 사람은 겪지 말았으면 하는 바람에서였을 것이다.

'혜주에 대한 동정이 아니라, 나 김성훈에 대한 동정이었지. 누구나 생각하지 않을까? 내게도 좋은 멘토가 있었으면, 좋은 상사가 있었으면 하고 말이다.'

노 과장이 내 책상 앞으로 왔다.

그를 올려다보며 물었다.

"왜요?"

그는 씨익 웃으면서 양손으로 배를 퍽퍽 쳤다.

"족집게 선생. 나도 하나 찍어주지."

"하하. 그게 무슨 말씀이세요?"

"아까 못 봤어? 부장님이 혜주만 예뻐하는 거. 나도 예쁨 좀 받아보고 싶다. 설마 둘이서 무슨 썸씽이라도 있는 거냐?"

손을 저으며 부정했다.

"에이. 아니라니까요."

"그럼 나도 하나만 가르쳐 줘. 혜주만 예뻐 하지 말고 말이야."

"과장님이 세 번째입니다."

"뭐?"

"벌써 박 대리, 오 대리, 다 왔다 갔다고요."

"이것들이 하라는 일은 안 하고!"

발끈하는 노 과장에게 말했다.

"객쩍은 소리는 하지 마시고, 부장님 어디 가셨어요?"

"에이. 혜주는 놀리는 맛이 있는데, 젊은 사람이 너무 덤덤해."

'그런 거에 부끄러워하기에는 내 나이가 너무 많답니다.'

그는 재미없다고 궁시렁대면서 말했다.

"응. 아까 외주처 사람 좀 만난다고 가셨지."

"할 말 있는데, 부장님 오실 때까지 기다려야 하나?"

"무슨 말인데, 나한테 해 봐."

"사람들 모이라고 하죠. 같이 있을 때 의견을 물어보고 싶어요."

잠시 후 회의를 하자는 소리가 들렸다.

'회사 생활 다 이렇지. 회의의 연속이다.'

자리에서 일어났다.

'얼른 끝내고 학교나 가야겠다.'

다들 외근 중이라, 노 과장, 나, 혜주밖에 없었다.

단출하게 모여 앉았다.

노 과장이 물었다.

"할 말이라는 게 뭔데?"

"일단 두 가지 안건이 있습니다."

"말해 봐."

"이번에 자료실을 뒤지면서 느낀 건데, 자료 찾기가 너무 어려워요."

"왜 목차집이 있잖아?"

'목차집이 있기야 하지요. 나는 e-book이 판치던 세상에서 살다가 왔다고요.'

묵은 종이 냄새를 맡으며 자료를 찾는데, 머리가 아파서 죽을 뻔했다.

현재건설의 수많은 자료가 쌓여 있으니, 내게는 지식의 보물 창고와도 같았다.

하지만.

'있으면 뭐하나. 사용을 할 수가 없는데.'

1998년 우리나라는 아직 인터넷 강국이라 불리지 못하고 있었다.

이 자료를 정리하면서 나는 건축, 아니, 적어도 건설에 대해서는 완벽하게 꿰뚫을 수 있게 될 것이다.

'그 자료들 중에는 대외비로 외부에 공개하지 못하는 것들도 있겠지. 흐흐흐.'

"목차집이 있어도, 힘들지 않으셨어요?"

"힘들지. 하지만 그건 막내들이 할 일이라고."

이제 밀레니엄이 지나면, 세계는 급속도로 발전한다.

범람이라고 해도 어울릴 정도로 정보로 넘쳐나는 현상이 발생하고, 회사의 정보가 데이터베이스화 되어 있지 못하면 도태되는 시대가 온다.

'난 그런 시대의 주역이 되고 싶거든요. 적어도 건축에서는 말이죠.'

하지만 개인의 힘으로 하는 것에는 한계라는 것이 있기 마련이다.

"하지만 정보의 전산화를 요청할 수는 있잖아요."

과장은 그 의견에 부정적이었다.

"위에서는 돈도 안 되는 거 하지 말라고 할걸."

"일단 결재를 올려볼 수는 있잖아요."

"알았어. 일단 그 건에 대한 구체적인 보고서를 줘 봐. 결재는 올려보도록 하지."

내 안의 김성훈이 물었다.

'너 괜히 이렇게 나대다가 남 좋은 일만 시키고 팽 당하는

거 아니냐?'

"물론 그렇게 생각할 수도 있겠지. 하지만 이건 내게도 실험적인 무대라고. 그리고 앞으로는 정보화가 급속히 진행될 거야. 인터넷이 발전하면서 말이지."

'그럼 그때 가서 그것들을 이용하면 되는 거잖아. 괜히 네가 나서서 힘든 일을 감수할 할 이유가 있어?'

"이런 경험을 통해서 성장하는 거지."

'아까도 말했지만, 팽 당하면?'

"사람을 볼 줄 아는 오너라면, 인재를 소홀하게 생각하지 않아."

'하지만 넌 지난 삶에서도 뽑아 먹힐 대로 뽑아 먹히고 팽당한 적이 있잖아.'

녀석은 지난 삶에서의 가구 몰딩에 대해 말하고 있었다.

"그때는 그랬지. 나를 일회성으로 봤던 거지. 나도 사람 볼 줄을 몰랐고 말이야. 하지만 지금의 나는 그렇지 않아. 좀더 나아졌어. 진정으로 사람의 가치를 볼 줄 아는 사람이라면 이 일 이후의 가능성을 볼 거야."

'지나치게 긍정적인 마인드야. 그래도 팽 당하면 어쩔 건데?'

녀석은 계속 최악의 경우를 가정하며, 나를 몰아붙였다.

"경쟁사로 가서 더 나은 시스템을 구축할 거야. 그리고 현재를 엿 먹여 버릴 거야! 됐어?"

'흐흐흐. 그런 각오라면 됐어. 이번 삶에도 바보처럼 당하

고만 살 수는 없잖아. 안 그래?'

이건 내가 나를 설득하고 정당화하는 과정이었다.

남들이 보면 미친놈이라고 비웃겠지만 말이다.

"그리고 다른 안건은?"

"프로젝트 팀을 만들고 싶습니다."

나는 이번 설계를 최고로 디자인할 팀을 만들고 싶었다.

'사람들은 이미 찾아뒀지.'

첫날 왔을 때부터 설계 2팀의 쓸 만한 인물이 있는지를 점검했었고, 아까의 회의에서는 1팀의 주요 인물을 탐색했었다.

'이제 그들을 모으기만 하면 된다고.'

양 부장 휘하의 몇 명과 박 부장과 설계 2팀의 실력자들을 모두 모은 드림팀을 만드는 것이다.

처음부터 내 목표는 프로젝트 팀을 만드는 것이었다.

'양 부장이 갑자기 승부를 걸어오는 바람에 방향이 틀어지고 말았지만.'

승패에 따라 결과가 바뀐다는 불안 요소를 내가 스스로 떠안을 리가 만무하지 않은가!

'승부에는 어떤 변수가 끼어들지 알 수 없거든.'

더군다나 양 부장 같은 베테랑이 끼어 있는 경우에는 더더욱 알 수 없었다.

기껏 현재에 팔아먹은 디자인이 콘크리트 투성이가 되어 서는 아무런 의미가 없어진다.

내가 겪어본 양 부장은 새로운 공법에 대한 두려움이 없었 다. 아무도 시도하지 않던 한계 상태 설계법을 이미 실행해 본 사람이었다.

그리고 고집불통 최 이사에게도 할 말은 하는, 강단이 있 는 사람이었다.

'양 부장을 필두로 박 부장이 뒤를 받쳐준다면, 충분히 내 가 원하는 디자인을 완성시킬 수 있을 거야.'

노 과장이 말했다.

"데이터베이스 건은 구체적인 안이 나오면 얘기 하도록 하 고, 프로젝트 팀 건은 부장님 오시면 같이 이야기해 보자고."

그날 밤.

우리는 부장을 기다리고 있었다.

박 부장은 양 부장과 함께 들어왔다.

양 부장은 양손에 과자와 음료가 든 봉지를 들고 있었다.

"패자가 승자에게 바치는 공물이라네. 허허허."

그는 과자 봉지를 내려놓으며 말했다.

"성훈아, 완전히 당했다. 혜주를 비장의 카드로 써먹을 줄 누가 예상이나 했겠어?"

하긴 나조차도 예상하지 못했던 일이었다.

양 부장이 말을 이었다.

"하지만 우리 팀의 반격도 만만치 않을 거야."

노 과장에게 물었다.

"이왕 오신 김에 말씀드려도 될까요?"

그는 고개를 끄덕였다.

"이런 자리에서 말씀 드리는 것도 괜찮지 싶어."

양 부장에게 음료를 따르며 말했다.

"부장님, 사실 지금 말씀드리는 것은 승부와는 상관없는 이야기입니다. 오히려 그 이후의 일을 말하는 거죠. 오해는 하지 말아 주십시오."

듣기에 따라서는 '우리가 이길 것이니, 미리 이런 제안을 한다.'정도로 들릴 수도 있었다.

양 부장은 따라진 음료를 마시며 말했다.

"승부와 상관없는 이야기라. 뭔지 몰라도 들어보지."

아까 노 과장과 이야기했던 프로젝트 팀에 대해 말했다.

양 부장은 고개를 갸웃했다.

"아직 승부도 나지 않았는데, 너무 앞서가는 것 아니야?"

하지만 웃는 모습이 기분 나쁜 것 같지는 않았다.

"매번 기존의 공법만 사용하다가는 세계적 추세를 따라가지 못하고 낙오되는 수밖에 없을 겁니다."

양 부장도 내 말에 수긍하는 눈치였다.

"맞는 말이지. 사실 나도 본사 복귀가 걸려 있어서 최 이사 편에 설 수밖에 없었지만, 앞으로는 새로운 공법을 적용해야 한다는 것에는 찬성이야."

성훈이 고개를 끄덕였다.

"사실 팀을 꾸리려는 것도 제 건물이 구멍 뚫린 치즈처럼 되지 않기를 바라기 때문입니다."

나는 처음부터 계획적으로 되기를 원했다.

여러 사람이 손을 대가다가는 이것도 저것도 아닌, 구멍투성이의 건물이 되어버릴 것이다.

"한 사람이 교통정리를 했으면 좋겠다는 말인가?"

"네. 맞습니다. '스타타워'를 처음부터 끝까지 총괄할 팀을 만들고 싶은 겁니다."

양 부장은 의자를 앞으로 당겨 앉았다.

"쉽지는 않겠지만, 좀 더 구체적으로 들어보고 싶군."

성훈이 물었다.

"만약 우리가 질 경우에는 스타타워의 전반적인 진행을 양 부장님이 맡게 되시는 건가요?"

"아마도 그렇겠지. 최 이사도 거기까지 생각하고 불렀을 거야. 막무가내로 콘크리트를 부을 정도로 생각 없는 사람은 아니거든."

"그리고 이 디자인은 사장님이 관심을 가지는 것이기도 하죠. 그렇게 막무가내로 시공을 할 수가 없죠."

혜주가 물었다.

"그런데 왜 그렇게 시비를 거시는 거죠?"

하긴 다른 사람이 볼 때도 시비라는 말 말고는 다른 표현이 없었을 것이다.

양 부장이 웃으며 답했다.

"일단 자기가 가져올 명분을 만드는 거지. 성훈 군의 말처럼 최 이사도 최대한 실적을 멋있게 부풀려야 하기 때문에 함부로 설계 변경을 할 수는 없어."

그리고는 성훈을 보며 말했다.

"솔직히 성훈 군이 내 딜을 받지 않았더라도 크게 문제는 없었을지 몰라."

혜주가 이해가 안 간다며 성훈에게 물었다.

"어차피 우리는 한 회사에서 일하는 거잖아요."

"그런데요?"

"그럼 이 스타타워가 잘 되면 좋은 거잖아요."

"당연한 말이죠."

"그런데 왜 최 이사님은 이걸 자기 뜻대로 하려는 건가요?"

"양 부장님도 말씀하셨지만, 당연히 실적 때문이죠."

"전 그게 이해가 안 돼요. 왜 그렇게 실적에 목을 매시는지?"

그녀가 보기에도 최 이사의 집착은 과해 보였던 모양이다.

혜주가 말을 이었다.

"그렇잖아요. 곽 이사님이 계약을 해 왔는데, 그걸 빼앗아 가려는 거잖아요. 치사하게."

박 부장도 설명하기가 좀 난감했었나 보다.

집안 싸움을 남들에게 알리는 꼴 밖에 되지 않으니 말이다.

이런 말은 뒤로 쉬쉬하며 말하지, 혜주처럼 대놓고 말하지는 않지 않던가?

직장 경력이 꽤 있는 사람들은 모두 아는 것이겠지만, 이제 막 사회생활을 시작하는 혜주는 이해가 안 가는 것이었다.

흥분한 혜주를 달래며 말했다.

"혜주 씨. 이사들은 계약직이에요. 여기 직원들하고는 입장이 달라요."

"네? 이사님들이요? 그분들은 우리보다 높잖아요. 연봉도 훨씬 높은 걸로 알고 있는데."

흔히 계약직이나 비정규직이라는 말은 정규직보다 좋지 못한 대우를 받는 사람들을 말할 때 사용된다.

파리 목숨 비슷한 의미로 말이다.

하지만 이사도 계약직이었다.

고연봉의 계약직.

때로는 평직원의 수십 배에 달할 때도 있다.

물론 그만한 결과를 이루어냈을 때의 일이겠지만.

내가 천천히 설명을 이어갔다.

"네. 부장에서 이사로 승진할 때 말이죠. 그동안의 퇴직금을 몽땅 정산받고, 2, 3년 단위로 계약서를 새로 써요. 이 회사는 어떤지 모르겠지만."

내 말에 박 부장이 고개를 끄덕였다.

"자네 말 그대로야. 최 이사가 내년에 계약서를 새로 쓰거든. 그러니까 지금 마음이 급해진 거지."

혜주는 아직도 이해가 되지 않는 모양이었다.

"왜 그런가요?"

"직원은 맡겨진 임무만 하면 월급을 받을 수 있지만, 임원은 성과를 내야 하거든요. 그냥 회사에 딸린 작은 기업체로 생각해도 무방해요."

"이미 업무에 대해서는 능통하고, 더 이상 직원으로서의 교육이 필요 없다고 생각되는 사람을 이사로 올리죠. 그리고 성과를 바라기 때문이에요."

양 부장이 손뼉을 치면서 말했다.

"자. 그 이야기는 그만하고, 성훈 군의 계획이나 들어보지."

"일단 사람들은 찾아뒀습니다. 양 부장님 쪽에서는 송 과장과 남 대리가 괜찮아 보이더군요. 우리 층의 다른 부서에도 몇 사람 봐 뒀구요."

그동안 봐 두었던 각 분야의 전문가들에 대해서 말했다.

전기, 설비, 구조, 공조 등등 모든 분야에서 말이다.

양 부장이 눈을 크게 뜨며 물었다.

"자네. 여기 온 지 며칠 안 되지 않았어?"

"부장님이 오시기 하루 전인가 먼저 왔었죠."

"그럼 사흘째네. 그런데 벌써 사람들을 봐둔 거야?"

처음 와서는 한동안 쉬는 시간이 많았었다.

그동안 설계 2팀의 인원들을 파악할 수 있었다.

"그리고 양 부장님의 팀원들은 나름 다 재원들 아닙니까. 그중에서 몇 고르는 건 어려운 일이 아니죠."

박 부장이 말했다.

"야. 알맹이만 쏙쏙 빼가겠다는 말인데, 허락을 할까요?"

그 말에 부장이 어이없다며 웃었다.

"아직 프로젝트 팀에 대해 결재를 올린 것도 아니라고."

그렇다.

이건 지금 우리끼리 계획을 꾸미는 것뿐이었다.

가장 중요한 건 오너의 의중이 아니겠는가?

성훈이 물었다.

"전 이 회사에 대해서 잘 모릅니다. 그래서 여쭤보고 싶은 게 있습니다."

"뭔가? 말해 보게."

"사장님은 믿을 만한 분이신가요?"

양 부장과 박 부장이 서로 얼굴을 마주 보며 웃었다.

박 부장이 말했다.

"아무래도 형님이 좀 더 겪으셨으니, 잘 아시겠죠."

"그러지. 그렇다고 내 말을 100% 믿지는 마."

성훈은 웃으며 그의 말을 종용했다.

"이 년 전이었지. 한창 서 전무가 잘 나갈 때의 일이지. 설계 문제로 그와 싸움이 벌어졌었지. 지금 최 이사가 하는 것과 똑같은 문제였어. 새로운 공법을 쓰느냐, 마느냐의 문제였지."

"어떻게 되셨는데요?"

'혜주야, 물어볼 게 있니? 졌으니까 제주도로 내려갔겠지.'

박 부장이 끼어들었다.

"그 문제에 대해서는 내가 부연 설명을 해 주지. 그건 형님의 실력 문제는 아니었어. 간단하게 말하면, 사장님과 부사장이 아랍 진출 문제로 한창 대립을 하고 있을 때였다네. 사장님 입장에서는 부사장을 내칠 수가 없었고, 아랍 진출은 해야 되겠고. 그래서 부사장을 견제하기 위해서 서 전무를 밀어줄 때였거든."

"그래. 하필 그때 서 전무와 트러블이 생겼던 거지. 그러니 밀려날 수밖에 더 있나?"

"그때 형님의 빈자리를 최 이사가 채우고, 이사로 승진을 했던 거지. 능력으로 따지면 형님이 더 신뢰를 받았었거든. 형님이랑 최 이사는 동갑이야."

양 부장이 씁쓸하게 말했다.

"그래도 최 이사가 나보다 일 년 선배지."

안타까웠다.

실력으로 인정을 받는 것이 아니라, 회사의 내부 사정에 의해서 내쳐졌다는 것이.

양 부장이 웃으며 말했다.

"어이. 어이! 이 친구들아. 그렇게 불쌍한 눈으로 보지 말라고. 덕분에 제주도 내려가서 내가 하고 싶은 것들 실컷 해 봤으니까. 지금 생각해 보면, 전체적인 관점에서 봤을 때는 적절한 판단이었다고 생각해. 내가 사장님이라도 그렇게 했을 거야. 회사가 훨씬 더 커졌잖아."

혜주가 물었다.

"원망스럽지 않으세요?"

"그렇지 않았다고 한다면 거짓말이겠지만, 오히려 그게 전화위복이 될 때도 있는 거야. 사람이 살다 보면 잘 될 때도 있고, 그 반대일 때도 있는 거지. 어떻게 항상 오르막만 달리겠나. 그리고 난 회사 내부의 권력 다툼에는 전혀 관심이 없어!"

회사에는 여러 군상이 모여 있다.

승진을 위해서 목숨을 거는 자, 그저 돈을 벌기 위해서 출근을 하는 사람, 자기가 하고 싶은 일을 위해서 회사를 이용하는 사람.

각자 모두가 사정이 있고, 그 결과로 얻는 것도 다르다.

"간단히 말하면, 이득이 된다면 움직이신다는 말이네요."

"당연히 오너는 이득에 반응하게 되어 있지. 그건 어디라도 마찬가지일걸세."

성훈이 고개를 끄덕였다.

"프로젝트 팀도, 데이터 베이스도 뭔가……."

"이득이 된다고 말하기에는 뭔가 부족한데 말이야."

"그럼 설득을 해 봐야죠."

"어떻게?"

"그건 사장님이 제 디자인을 구입하신 목적에 포커스를 맞추면 되죠."

"그게 무슨 말인가?"

"제 생각에 이 건은 말이죠. 현재건설을 위한 대국민 홍보용이라고요. 그리고 세계에 대한 홍보이기도 하구요."

"그럼 신문에 나온 말들이 장식용이 아니란 말이야?"

"이렇게까지 이슈를 만들어두면, 대충 넘어가지 못한다구요."

"그게 무슨 말이야?"

"국민들의 호응을 더 끌어 모을 방법으로 설득을 하면 돼요. 제가 제안하는 방법에 사장님도 흥미가 끌리실걸요. 어차피 목적이 그거였을 테니."

"그런데 그 방법을 진행하려면, 그 건만을 위한 프로젝트 팀이 필요하다는 거지? 그게 뭔데?"

성훈에게로 사람들의 귀가 집중되었다.

"아. 답답하군. 김 비서. 뭔가 좋은 생각 좀 없나?"

"하하. 회사는 잘 돌아가고 있는데, 왜 그러십니까?"

"아냐. 뭔가 막혔어. 정체기야. 지금도 아버님께 한 소리 듣고 올라오는 길인데, 그런 말이 나오나?"

"왕 비서님은 잘하고 있다고 하셨는데, 뭘 그러십니까? 왕 회장님께서는 좀 더 분발하라는 의미로 하신 말씀이겠지요."

김 비서가 웃으며, 엄살 부리는 사장을 달랬다.

"그건 어떻게 됐나? 양 부장이랑 안전모랑 붙는다는 거."

"일차전은 설계 2팀이 이겼다고 합니다."

"안전모가 있는 팀이지? 양 부장이 호락호락하지 않았을 텐데?"

"거의 접전 끝에 겨우 이겼다고 합니다. 그것도 혜주라는 신입 사원이 활약을 해서 말입니다."

"호오. 그래? 둘째 놈이 돌아오면 재미있어지겠어."

"언제 돌아오신 답니까?"

"모르지. 이번 여름에 잠시 온다는데, 와 봐야 아는 거지. 꼴통 같은 녀석."

"하하. 다 생각이 있으니 그러는 거 아니겠습니까?"

"제멋대로 사는 놈이 생각은 무슨!"

밖을 쳐다보던 사장이 말했다.

"그런데 저기는 왜 아직도 불 켜 있는 거야. 이 시간까지 야근하는 직원들이 있나?"

"11층이네요. 설계 2팀인 것 같습니다."

"시간이 열 시가 넘었구만. 아직도 일을 한단 말이야? 열심히구만. 얼마나 진행됐는지 한 번 들러볼까?"

"전화를 넣겠습니다."

"그럴 필요 없어. 그냥 뭐 하는지 슬쩍 보기만 하고 올 거야."

42장
스타타워
프로젝트(2)

"미리 간다고 연락을 할 걸 그랬습니다, 사장님."

"아닐세. 괜히 긴장시킬 필요는 없어. 잠시 인사나 하고 가려는 건데."

불이 켜 있는 파티션으로 가고 있는데, 목소리가 들려왔다.

"박 부장인 것 같습니다. 요즘 연일 밤샘 작업을 한다고 하더군요."

사장이 검지를 입에 대었다.

"쉿."

비서가 잠시 어리둥절했다.

박 부장의 목소리가 들려왔다.

"우리 사장님은 심계가 깊으신 분일세."

사장이 비서를 바라보았다.

'김 비서, 지금 내 이야기를 하고 있는 거 같은데.'

"마침 애매할 때 온 것 같습니다."

원래대로라면 간단히 인사만 하고 가려고 했었다.

자신의 이야기를 하고 있으니, 사장은 궁금해졌다.

직원들이 자신을 어떻게 평하고 있는지 들어볼 절호의 기회가 아니던가?

비서를 손짓으로 불렀다. 그리고는 건너편의 파티션으로 들어갔다.

작은 목소리로 말했다.

"한번 들어나 보자고. 무슨 소리를 하는지?"

비서도 상황이 이해가 갔다.

사장의 이야기를 하고 있는데, 갑자기 사장이 나타나는 것도 이상한 상황이 아니던가?

"전 오히려 사장님께서 주도적으로 프로젝트 팀을 만들었다면 더 좋은 성과를 내지 않았을까 하는 생각을 했었는데, 그렇게 되지 못해서 내심 아쉬웠습니다."

양 부장이 성훈의 말에 이견을 말했다.

"성훈 군, 그건 꼭 그렇게만 생각해서는 안 돼. 다른 생각이 있으시겠지. 사장님은 심계가 깊으신 분이야."

어떤 일이 있었는지 알아야 납득을 할 것이 아닌가?

조용히 양 부장의 말에 집중했다.

양 부장은 계속 제주도에 나가 있었지만, 본사의 상황에는 계속 귀를 열어두고 있었던 모양이다.

"일전에 자네 기숙사에 다녀오신 다음에 이사들을 모두 소집하셨었지."

성훈도 이야기를 들어서 알고는 있었다.

"내가 그 자리에 없어서 알 수는 없지만, 그게 사실은 서 전무를 알래스카로 보내기 위한 것이었다는 말이 파다해."

"설마요."

"말이 안 되는 것 같지! 그런데 욕조 하나를 뜯어보고, 서 전무를 알래스카로 날려 버렸다는 건 이해가 되나? 고작 서 전무가 그것밖에 안 된다는 말인가?"

하긴 그것도 이해하기 어렵기는 마찬가지였다.

"부사장을 견제하기 위해서 서 전무를 밀었지만, 어느 순간 서 전무가 부사장을 압도할 정도로 성장해 버렸던 거지. 그래서 사장님이 둘 간의 균형을 맞추려고 하는 것이 아니냐? 하는 추측이 돌고 있다네."

그게 사실이라면, 대단한 인물이 아닐 수가 없다.

아무것도 아닌, 작은 일을 이용해서 휘하의 이사들에게 정신 재무장을 강제한 것이니 말이다.

"그 뒤로 한동안 이사들이 바짝 긴장해서 사장님의 눈치를 봤어야 했지."

성훈이 고개를 끄덕였다.

"거기에는 그런 뒷이야기가 있었군요."

양 부장이 말을 덧붙였다.

"아, 그렇다고 자네가 지은 그 건물이 가치가 없었다는 건 아냐. 그 정도의 가치가 있었으니 가능했었겠지."

'사장이 옆에서 듣는다면 흐뭇했겠지만, 내가 원하는 것은 그게 아니지.'

"아까도 말씀드렸다시피, 사장님의 목적이 국민에 대한 현재건설의 홍보에 있다고 알고 있습니다. 물론 아닐 수도 있습니다만, 제가 들은 바로는 그렇다고 알고 있습니다."

물론 지금까지 현재의 내부 상황을 성훈에게 알려준 사람은 곽 이사였다.

"그렇다고 치고 말이야.

"만약 제가 사장님이라면, 이 건물에 대한 모든 건을 오픈해 버릴 겁니다."

"그게 무슨 말이야?"

'나중에 시간이 흐르면 라디오도 보이는 라디오를 한다고요.'

물론 청취율을 끌어들이기 위한 고육지책이었지만, 꽤나 효과가 있었던 것으로 알고 있다.

"사람들은 현재에 대해, 건축 전반에 대해 신뢰를 하지 못하고 있습니다."

"당연한 말이겠지. 삼풍과 성수대교. 심지어 IMF마저도 건설 회사의 몸 부풀리기 때문에 거품 경제가 생겼다고 믿는 사람도 있으니 말일세."

건설이란 큰돈이 움직이는 사업이니, 이것에 엮인 비리들이 얼마나 많을 것인가?

"그래서 우리는 이렇게 건물을 짓고 있다. 일고의 부정부패 없이 건물이 올라가고 있다고, 건설 과정을 보여주는 것 말입니다."

양 부장이 말했다.

"어허이, 이 사람아. 생각은 좋지만, 그래서는 공사 진행이 안 돼! 사람들이 들락날락하면서 무슨 일을 한다는 말인가?"

그의 반론에 성훈이 피식 웃었다.

"누가 현장을 오픈하자고 했습니까? 그렇게 하고 있다고 중간 과정을 찍어서 외부에 홍보 수단으로 쓰자는 거죠."

폐쇄적으로 진행될 수밖에 없는 공사를 공개적으로 보여주자는 말이었다.

공사를 시작하면 가장 먼저 진행하는 것이 펜스를 세우는 것이다. 외부와 단절되며, 외부인들의 안전을 확보하기 위한 수단이었다.

그러나 아이러니하게도, 그 펜스가 건축을 폐쇄적으로 보이게 한다. 안에서 무슨 일이 벌어지는지 알 수가 없는 것이다.

양 부장은 여전히 부정적인 모양이었다.

"음. 하지만 효율을 중시하는 사장님이시라면, 별로 탐탁지 않게 여기실 거야."

"일단 물어나 보자고요."

"물어보나 마나일걸. 그리고 이사들을 거쳐서 결재가 올라가야 하는데, 그런 발상을 결재 올릴 이사들은 없다고 봐도 돼. 그때 이후로 이사들이 얼마나 몸 사리기 바쁜지 아나?"

'왜 물어보지도 않고 자기들끼리 결정을 하는 거야?'

처음에는 기분이 흐뭇해졌던 사장이었다.

남의 눈치 안 보기로 유명한 양 부장이 자신을 그렇게 용의주도한 사람으로 봐주다니 말이다.

이렇게 소문이 퍼져 있다면, 사장에 대한 경각심이 더욱 커져서, 이사진들도 함부로 경거망동을 하지 못하게 될 것이다.

사장이 비서에게 귓속말로 물었다.

"지금 양 부장이랑 얘기하는 녀석, 안전모지?"

비서가 인상을 찌푸리며 고개를 끄덕였다.

'감히 사장님이 하시는 일에, 뭐? 아쉽다고!'

사장은 지금의 분위기가 마음에 들지 않는 모양이었다.

"요즘 이사들 분위기가 어떤가? 저들 말처럼 경직되어 있는 것인가?"

김 비서는 이번에도 고개를 끄덕였다.

"아무래도 서 전무가 빠지고 나니, 황 전무가 그 자리를 대체하는 것 같습니다."

'뭔가 또 다른 변화가 필요한 시점이군.'

"일단 녀석이 무슨 소릴 하는지 들어나 보자고."

일전에 황 전무에게 들은 바로는 안전모가 자신의 의중을 정확히 예상하고 있었다고 하지 않았던가!

"실제로는 우리는 평범하게 일을 진행하면서도, 오픈한 것처럼 보이게 하는 거지요. 홍보라는 게 그런 것 아니겠습니까?"

홍보의 주된 목표란 원하는 상대에게 자신이 보여주고 싶은 것을 선별적으로 골라서 보여주는 것이 아닐까?

"그런데?"

"그렇게 하려면 그것을 지원할 팀이 필요합니다."

"자네는 마치 사장님의 의중을 아는 것처럼 말하는군."

"처음의 의도가 보인다면, 그 결과물도 어느 정도 예측할 수 있는 것 아니겠습니까?"

학생들의 디자인은 산다는 것, 자체가 홍보의 목적이 없었다면 불가능했을 것이라는 것이 성훈의 생각이었다.

　'구입한 것만으로도 충분히 어필이 되었었지. 실제로 홍보 없이 공사만 진행할 생각이었다면, 유명한 건축가의 디자인을 구입했겠지. 유명 건축가의 디자인을 사왔다는 것 자체가 큰 홍보일 테니까.'

　하지만 현재에서는 '한국 건축의 미래를 주도하겠다'라는 거창한 인터뷰를 진행했었다.

　"사장님의 실제 의도는 이것이 아닐까요?"

　"비록 학생들의 작품일지언정, 그 가치만 충분하다면 구입한다. 그리고 이렇게 최선을 다해서 만들고 있다. 우리 현재는 믿을 만한 기업이다. 그리고 미래를 선도하는 기업이다."

　'대충 홍보하고 끝낼 거라면, 내 디자인을 구입했을 리가 없어. 난 그 홍보를 최대한 이용해서 내 작품을 홍보해야 해. 건축에서도 명성은 무시할 수 없거든.'

　산은 산이요, 물은 물이로다.

　이 말씀을 성철 스님이 아닌 다른 사람이 했었다면, 과연 어떤 의미를 가졌을 것인가? 아니, 의미를 가질 수나 있었을 것인가?

　비단 명성만이 아니라, 그분의 삶의 철학이 담겨있는 말이겠으나, 그 명성 또한 무시할 수 없는 것임에는 분명하다.

　대충 설계하고 끝낼 거라고 예상했다면, 지금처럼 적극적으로 디자인 변경에 끼어들지 않았을 것이다.

"이건 분명히 외부에 보이기 위한 거라고요. 그러니까 사장님도 명확하게 눈에 보이는 결과물을 원하실 거라는 말이죠."

양 부장이 너털웃음을 터뜨렸다.

"듣고 보니 그럴싸한 말일세."

성훈이 말을 이었다.

"예상되는 결과물을 가장 잘 아는 것은 우리 팀입니다. 또한 어느 부분이 가장 눈에 뜨일지, 어떤 부분이 국내 및 해외 건축계에 어필을 할 수 있는지 아는 것도 우리 팀이 되겠지요."

"자네 말처럼 홍보가 주된 목적이라면 그렇겠지. 지금 현 단계에서 우리처럼 이 디자인에 잘 아는 사람은 없지."

실제 물건을 만드는 사람보다 그것에 대해서 잘 아는 사람은 없다.

"자넨 어떻게 프로젝트 팀을 만들 생각인가? 구체적인 안이 있나?"

"사람을 골라둔 것은 이미 말씀을 드렸고, 안을 진행하는 것은 곽 이사님께 부탁을 드릴 겁니다."

"하지만 곽 이사는 자신에게 이득이 돌아오지 않는 것에는 절대로 움직일 사람이 아니야."

성훈의 생각도 그랬다. 아마도 곽 이사는 쉽게 허락하지 않을 것이다.

그는 지극히 단기적인 시선으로 미래를 바라보는 사람이

었다. 알리에게 호텔 공사 건을 협상할 때도 그랬었다.

하지만 그 수완은 인정하지 않을 수 없었다.

알리에게 그 말을 듣지 않았었다면, 성훈은 꼼짝없이 곽 이사에게 이용당했을 것이다.

"곽 이사님을 설득하는 것은 저에게 맡겨 주시죠. 이 일은 어차피 제 일이니까요."

양 부장이 물었다.

"사장님께서 이 일을 승낙하실까?"

"저는 당연하다고 생각합니다."

"물건 만드는 사람에게 물건을 물어보지 않고, 다른 홍보 팀에게 일을 진행시킨다는 건 바보가 할 짓이죠. 이게 만약 아파트 분양이라면 이야기가 달라요. 구매 고객을 가장 잘 아는 것은 판매자가 될 테니까요. 구매할 능력이 되는 고객 들만 상대하면 되거든요."

당연한 말이지만, 돈이 없어서 구입도 못할 꼬마들에게 아 파트 홍보를 할 멍청이는 없다.

물론 홍보가 잘 되면, 이 '스타타워'라는 사무용 건물도 분 양이 잘될 것이다.

"하지만 제 예상이 맞는다면, 사장님이 팔려고 하는 것은 건물이 아니라, 현재건설의 이미지이고, 우리가 홍보하려는 대상은 구매자가 아니고, 건축에 관련된 모든 사람이자, 우 리나라 사람들 전부가 되는 거잖아요."

"자네 예상과 맞지 않다면?"

"그건 그때 가서 생각할 겁니다. 지금은 이게 맞는다고 생각합니다."

"그래도 진행이 되지 않는다면 어떻게 할 건가?"

"사장님을 직접 찾아뵐 생각입니다. 하지만……."

성훈이 말을 이었다.

"그런 상황까지 가게 된다면 사장님께 약간 실망을 하게 될지도 몰라요."

"왜? 회사 내부의 상황 때문에 당장 진행하지 못하실 수도 있지 않겠나?"

"결과는 마찬가지입니다. 최선의 결과가 다른 것 때문에 뒷전으로 밀리는 거니까요. 건축의 미래가 회사 내부의 득실 관계 때문에 미뤄지는 거잖아요."

"너무 학생다운 순진한 생각이라고는 생각지 않나?"

"전 아직 학생이니 상관없습니다."

양 부장이 웃으며 말했다.

"알겠네. 나도 최 이사를 설득해 보지. 하지만 큰 기대는 하지 말게."

성훈은 협력을 말하는 양 부장을 보며 생각했다.

'내 프로젝트를 최 이사나 곽 이사가 맡게 된다면, 또다시 그들이 원하는 방향으로 흘러가게 될 거야.'

오로지 그들의 실적을 위한 발판으로 이용당할 것이다.

공기를 단축하기 위해 공법을 바꾸는 짓도 서슴지 않을 것이다. 항상 감시하고 있을 수는 없지 않겠나!

그러나 이미 진행되어버린 공사는 되돌리기가 어렵다. 자원의 낭비가 된다. 시간과 돈, 모든 부분에서.

성훈의 프로젝트를 가장 이상적으로 진행해 줄 인물은 눈앞에 있는 양 부장이었다.

성훈이 말했다.

"양 부장님, 저랑 잠깐 얘기 좀 하시죠."

"김 비서, 이만 일어나도록 하지."

사장은 성훈과 양 부장이 이야기를 하러 회의실에 들어간 사이에 조용히 일어났다.

"사장님, 직원들을 안 만나셔도 되겠습니까?"

"지금은 별로 만나고 싶지 않군."

사장의 의도와는 다르게 흘러가는 분위기에서 만남을 가지기도 어색했으리라.

하다 보니 그들의 대화를 엿듣게 된 것이 아니겠는가?

이보다 오너에게 민망한 상황이 있으랴!

비서가 조용히 고개를 숙였다.

"알겠습니다."

"할 이야기란 게 뭔가?"

"일단 이 말씀을 드리고 싶습니다. 양 부장님께서는 저와 비슷한 면이 많습니다."

양 부장도 고개를 끄덕였다.

"디자인이라는 측면에서는 그런 면이 있지."

"저도 그 부분을 말씀드리는 거죠. 그래서 말인데, 만약 팀을 만들게 된다면 프로젝트 팀을 양 부장님께서 맡아주십시오."

지금 노 과장은 아까 성훈과 한 이야기를 박 부장에게 말하고 있을 터였다.

"가능할까? 아직 승부도 마무리 짓지 않았는데, 최 이사 반발이 만만치 않을 거야."

"그렇겠죠. 그분도 실적이 걸려 있는 문제니까요."

양 부장이 수긍하며 말없이 고개를 끄덕였다.

"부장님, 원래대로라면 부장님과의 승부를 마무리 지어야겠지만 제게 시간이 많이 없습니다."

"왜 무슨 일이라도 있는 건가?"

직원이 아닌데, 회사의 일에 너무 개입하는 것은 좋은 생각이 아니었다.

굳이 승부를 하지 않아도 더 안전한 방법이 있다면 그것을 택하는 것이 효율적이었다.

"제 개인적인 일이라서 말씀을 드리기가 어렵습니다."

"그렇다면 어쩔 수 없지."

"부장님, 일단 프로젝트 팀에 대해서만 말씀드리겠습니다. 지금은 구조만 이야기하고 있지만 실제적인 세부 설계에 들어가야 할 겁니다."

양 부장이 고개를 끄덕이며 수긍했다.

"그렇겠지."

"그때는 전기, 공조, 설비 등 건축설계의 전반을 아우르게 될 겁니다."

부장이 고개를 끄덕였다.

"당연하지. 의도는 좋지만 그런데 굳이 프로젝트 팀까지 만들 필요가 있을까? 하는 의문은 든다네."

"새 포도주는 새 부대에. 새 건물에는 새 공법을 넣어야지요. 그런데 이사님들이 하려 할까요?"

내 말에 부장이 슬며시 웃음 지었다.

"새로운 공법으로 건물을 지으니, 그 안에 들어가는 것들도 그에 준하는 새로운 걸로 설치를 하자? 그거지?"

건축학도라면 누군들 새로운 것을 시도해 보고 싶지 않을 것인가?

"최 이사님 같은 분들이 또 계시면 여전히 똑같은 공법을 반복해야 할 것 아닙니까? 설계 2팀에서 사장시킬 수밖에 없었던 수많은 도면처럼요."

양 부장이 씁쓸하게 고개를 끄덕였다.

"그렇지. 그 사람들도 그게 일이니까."

"하지만 곽 이사님이 진행을 한다고 해도 크게 다를 것 같지는 않습니다. 그래서 저는 양 부장님께서 팀을 맡기고 싶습니다."

양 부장이 난감한 듯이 미간을 좁히며 물었다.

"설계 2팀에는 박 부장이 있지 않나?"

"물론입니다. 하지만 박 부장님 성격으로 곽 이사님과 최 이사님을 견뎌낼 수 있겠습니까?"

"흠…… 어려울 거야."

"그래서 저는 양 부장님을 추천했습니다. 부장님이라면 최 이사와 곽이사의 압박에도 굴하지 않고, 충분히 디자인을 소신껏 진행할 수 있겠다는 확신을 얻었습니다."

"팀을 꾸린다면 그럴 수도 있겠지. 하지만 독립성이 부족해서는 아무래도 휘둘릴 수밖에 없어. 난 오로지 그 사람들의 불만을 막아내는 데만 신경을 써야 할 거야?"

"만약 양 부장님이 이사가 되면 어떻겠습니까?"

"하하. 이 친구야. 그렇게만 된다면야 더할 나위가 없지. 하지만 회사라는 게 자기 생각처럼 돌아가는 곳이 아니야."

"그럼. 제가 만들어드리겠습니다."

양 부장이 눈을 부릅떴다.

"그게 무슨 소리야? 그럴 정도의 힘이 있다는 말인가? 말도 안 되는 소리 하지 마."

현재에서 정 안 된다고 하면 계약 파기 건을 들이밀어서라도 관철을 시킬 생각이었다.

"그리고 그렇게 된다고 쳐도 자네에게 이득되는 것은 뭔가?"

'지금부터는 말을 잘해야 해.'

"저는 학교를 졸업하면 현재에 들어올 생각입니다."

"좋지. 자네 같은 재원이 온다면 언제든지 환영일세."

"하지만 저는 회사원으로 취직하기 위해서 오는 것이 아닙니다."

"그럼 뭐 때문에 여기로 들어오는 것인가?"

"제가 하고 싶은 일에 현재가 도움이 될 거라는 판단 때문입니다. 그 꿈을 이루기 위해서 현재라는 잘 갖추어진 조직이 필요한 겁니다."

양 부장이 웃었다.

"그 꿈이라는 것이 뭔가?"

"아직은 말씀을 드릴 때가 아닙니다. 준비가 덜되었거든요."

"그래서 하고자 하는 말은 뭔가?"

"저는 그때를 위해서 준비를 하고 싶은 겁니다. 처음에 입사한 신입이 할 수 있는 것이 뭐가 있겠습니까?"

내 말을 듣고 양 부장이 웃으며 말했다.

"나도 처음에 들어왔을 때는 도면 그리는 법부터 새로 배웠지."

"그때 양 부장님께서 저를 밀어주셨으면 합니다."

양 부장은 나를 뚫어질 듯이 쳐다보았다.

'내 말이 진심인지 확인하려는 거겠지.'

나도 지지 않고, 양 부장을 쳐다보았다.

"뭔지 모르지만 재미있는 일이겠지. 좋아. 밀어주지."

"하지만 부장의 힘으로는 한계라는 것이 있지 않겠습니까? 그래서 저는 양 부장님이 이사가 되셨으면 합니다."

"이 사람아. 내 힘으로 할 수 있는 거라면 벌써 했겠지."

"제가 그렇게 만들겠습니다."

"어떻게?"

"그건 제가 알아서 할 일이고, 만약 그렇게 된다면 저를 밀어주신다는 약속 지킬 수 있습니까?"

"좋아. 그렇게만 된다면 자네가 무엇을 하든 밀어주도록 하지."

이 이야기를 하면서 곽 이사를 떠올렸다.

'그는 어떤 반응을 보일까?'

아마도 내가 예상하는 곽이사라면, 아예 하지 않거나 혹은 내게 빚을 지워 두려고 할 것이다.

'왜냐고? 당장 자신에게 이득되는 것은 아니니까.'

요 며칠 승부를 진행하는 동안, 그는 한 번도 얼굴을 비추지 않았다.

최 이사와 마주치기가 싫든지, 아니면 승부가 패했을 경우 책임을 회피하려는 의도일 것이다.

이제 승리를 했으니까, 슬쩍 얼굴을 비추지 않을까? 생색을 내기 위해서?

'그 전에 찾아가야지.'

그리고 양 부장을 이사로 만든다는 말 따위는 하지 않을 것이다.

그 말을 하는 순간 곽 이사는 양 부장을 경계할 것이고, 나에게 빚을 지우는 것이 이득인지, 경쟁자가 생기는 것이 이득인지를 계산하게 될 것이다.

'고민이 길면 일이 성사되지 않는 법이지.'

그럼에도 이사가 될 거라고 예상하는 것은, 일을 제대로 하려면 그 일에 대한 권한이 필요하다.

부장이 할 수 있는 일의 경계와 이사의 영역 사이에는 명확한 선이 그어진다.

'사장이 정말 프로젝트 팀을 만들 생각이라면 말하지 않아도 양 부장을 이사로 승진시킬 거야.'

내 나름대로의 확신이었다.

◆

"곽 이사님, 프로젝트 팀을 만들고 싶습니다."

뜬금없는 성훈의 말에 곽 이사의 미간에 고민이 어렸다.

의도를 파악하려 성훈을 바라본다.

'곤란하네. 안 들어주자니 후환이 두렵고, 들어주자니 의도를 모르겠어.'

양 부장의 승진 건을 제외하고 모두 곽 이사에게 이야기했다.

곽 이사가 속으로 고개를 절레절레 저었다.

가만히 들어보니, 지금 당장의 실적과 승진에는 도움이 되지 않는 이야기였다.

'내게 도움도 전혀 안 되는 팀은 내가 왜 만들어.'

하지만 성훈이 누구이던가?

그의 눈에 성훈이 팔에 찬 시계가 들어왔다.

척 봐도 초고가의 시계였다.

성훈이 몸에 두른 단 하나의 사치품이었다.

"그 시계는 못 보던 건데……."

성훈의 입가에 미소가 어렸다.

그동안 작동만 잘되면 좋은 시계라고 생각했는데, 지금 차고 있는 시계는 달랐다. 무게도 착용감도, 모든 면에서 말이다.

"아, 이거 압둘이 준 겁니다. 비행기 타고 갈 때, 그 경호원들이 주더라고요. 압둘의 선물이라고. 값도 꽤 나가요."

곽이사가 성훈을 보며 말없이 웃음 지었다.

그가 알기로 대체로 압둘의 선물이란 가볍게 억을 넘는 것들이었으니 말이다.

자신도 저 시계의 값을 정확히 알 수는 없으나, 아마 압둘이 얘기했었던 스포츠카와 비슷한 가격대의 선물이라는 것을 알기 때문이었다.

'저게 값이 꽤 나가? 미쳤군!'

순간 약이 올랐다.

'누구는 환심을 사려고 몇 년 동안 개고생을 했는데, 이 인간은 낙타 물통 하나 만들어주고는 몇 억을 챙기네. 아이고, 배 아파.'

곽 이사는 쓰린 속을 달래며 말했다.

"성훈 군, 지금 당장은 곤란하다네."

그렇지만 성훈의 부탁을 거부할 생각은 없었다.

'이럴 때 신세를 한 번 지워 놓으면 나중에 나를 밀어줄 거야. 하지만 한 번에 들어주면 사람이 가치 없어 보이지.'

정말 어쩔 수 없다는 표정으로 다시 말했다.

"자네는 잘 모르겠지만, 지금 당장은 회사 사정이 좋지를 않다네. 일단 심각하게 재고를 해보도록 하지."

"결정은 빠를수록 좋습니다. 부탁드립니다."

성훈은 데이터베이스 건은 잠시 보류하기로 했다.

곽 이사는 둘 중의 하나만을 선택하라고 강요를 할 것이고, 데이터베이스 건은 아직 준비가 되지 않았다.

그리고 내게 더 중요한 것은 프로젝트 팀을 만드는 것이었다.

'방학도 끝나 가는데, 빨리 믿을 만한 팀을 만들어 놓고 떠나는 게 이득이지.'

"곽 이사, 뭐 할 말 없어?"

"네? 무슨 말씀이십니까? 전무님."

"자네 팀에서 무슨 말 나온 것 없냐고?"

'혹시 성훈의 정체를 알아챈 것인가?'

"그것이 확인되지 않은 사실이라."

'이게 지금 무슨 소리를 하는 거야?'

황 전무가 짜증 내면서 말했다.

"확인은 무슨 확인? 지금 나하고 장난치나? 자네 팀에서 프로젝트 팀을 만들자는 얘기가 나왔다면서! 왜 내가 그걸 사장님한테 들어야 하는 건가? 자네 지금 일부러 날 물 먹이는 건가? 사우디 왕자가 밀어주니까 눈에 뵈는 게 없어?"

곽 이사의 표정이 풀어졌다.

"아, 그거 말씀이십니까? 저도 어제 이야기를 들었던 겁니다. 좋은 제안이었지만, 사장님께 올리려면 좀 더 구체적이어야겠기에 기안서를 다듬고 있었습니다."

그는 미리 준비하고 있었다는 듯 들고 있던 다른 결재 서류를 황 전무에게 들이밀었다.

황 전무는 곽 이사를 이상한 눈으로 바라보았다.

"마냥 웃을 일이 아닐 텐데, 프로젝트 팀을 만들면 양 부장 승진한다는 거 알고 한 거야?"

"네? 그게 무슨 말씀이십니까?"

"공사 설계 자체를 그 팀에서 독자적으로 한다는 건데, 부장급으로 진행할 수 있겠어? 당연히 이사로 승진시켜야지."

"그건 미처 생각을 못했습니다."

일부러 경쟁자를 키워준 꼴이 되었다.

'미운 개새끼들 사이에서 따돌림 받던 고양이가 알고 보니 사자였다'라는 느낌이랄까.

곽 이사의 얼굴에 난감한 기운이 어렸다.

황 전무가 또다시 짜증을 냈다.

"일단 내놔! 바로 결재 올려야 돼. 일이 꼬였어. 사장님이 그렇게까지 관심을 가지실 거라고는 생각지 못한 내 판단 오류였어."

"양 부장님, 아니, 이제 이사님이신가요?"

"박 부장, 우리 멋있게 이 프로젝트를 끝내 보자고."

양 부장을 필두로 하는 프로젝트 팀이 만들어졌다.

물론 '스타타워' 홍보에 대한 것은 사내 홍보팀에서 따로 진행하기로 했지만, 적어도 설계에서만큼은 다른 이사들의 간섭을 받지 않게 되었다.

나는 프로젝트 팀이 만들어지는 것을 보고, 마음을 놓고 서울을 떠났다.

혜주가 눈물을 글썽이며 말했다.

"성훈 씨, 열심히 공부해서 꼭 현재에 입사해요. 그때는 제가 선배니까, 잘해줄게요."

속으로 웃음이 나왔지만 그녀의 위로를 받으며 말했다.

"네, 알았어요. 꼭 현재에 입사할 수 있도록 노력할게요."

양 부장과의 2차전은 프로젝트 팀이 만들어지면서 아무런 의미가 없어져 버렸다.

최 이사는 닭 쫓던 개 꼴이 되었고, 나를 물리치기 위해 빼 들었던 양 부장은 최 이사와 동급인 이사가 되었다.

"김 비서, 자네가 보기에 황 전무 어때 보여?"

"이번 프로젝트 팀 건은 밑에서 보고가 늦었던 것으로 보입니다만, 전반적으로 일처리가 매끄럽고 부하들을 관리하는 데는 일가견이 있습니다."

"너무 일찍 자리를 잡아서 해이해진 건 아니고?"

"그렇게 급하게 진행시키지 않아도 되는 건이라고 생각했겠지요."

이번 프로젝트 팀 안건은 사장이 좀 다급하게 진행하는 느낌이 있었으니, 황 전무 쪽에서도 정신이 없었을 것이라고 생각했다.

"겨우 반년인데 벌써 자리를 잡은 건가?"

"네, 서 전무 측의 이사들을 많이 포섭했더군요."

"아냐. 해이해졌어. 쯧. 긴장 좀 시켜야지. 딴생각들 못하고 일만 하게 말이야."

김 비서가 웃으며 고개를 끄덕였다.

"서 전무가 알래스카로 떠난 지 얼마나 되었더라?"

"이제 6개월이 약간 넘었습니다."

사장이 고개를 끄덕였다.

"그래, 그 정도 고생했으면 정신 차렸겠지."

"돌아오기만 하면 황 전무를 갈아 마셔 버리겠다고 이빨을 갈더군요."

"그래, 이제 슬슬 돌아올 때도 됐지."

사장이 고개를 끄덕이며 물었다.

"서 전무 후임으로 누가 좋겠나?"

비서가 아리송하게 대답했다.

"서 전무 후임이라면 최 이사입니다만."

"그런가? 서 전무한테 가서 인수인계 받으라고 해!"

새 학기가 시작되었다.

"성훈아, 엠티 가자!"

나를 본 한 교수의 첫 마디였다.

"안 갈래요."

"왜?"

"남자들만 득실득실한 데를 뭐 하러 가요?"

다른 과라면 아리따운 신입생들을 보는 재미라도 있다지만, 남탕 같은 곳에 가서 내가 무슨 이득이 있다고.

가서 술만 진탕마시다가 올 거란 걸 경험으로 알고 있는데, 내가 따라갈 리가 만무하다.

"설악산에 기가 막힌 펜션인데, 정말 안 갈 거냐?"

"미친 거 아니에요? 아직 거기 눈 올 텐데."

"야! 미국 북부에 비하면 그건 눈도 아냐?"

한 교수가 설득했지만 내 마음은 변화가 없었다.

"에이, 안 가요. 잘 다녀오세요."

교수실을 빠져나왔다.

'뭔가 잊은 것 같은데, 그게 뭐였더라.'

찜찜한 기분에 뒤통수가 근질거렸지만, 새 학기를 준비하는 것이 내게는 더 중요했다.

43장
MT(1)

　새내기들의 등장으로 온 학교가 시끌벅적한 분위기였다.

　현관으로 들어가는데, 과 학생회장이 신입생들을 모아놓고 MT 브리핑을 하고 있었다.

　3, 4학년들은 별로 보이지 않았고, 1, 2학년들이 주축을 이루고 있었다.

　IMF라는 직격탄을 맞은 우리 세대에게 캠퍼스 라이프란 배부른 소리였다.

　학생회장의 목소리가 들렸다.

　그는 94학번으로 민수와 동기였다.

　"지금 우리가 가는 곳이 어떤 곳인지 아냐?"

　"어딘데요? 회장님?"

"작년 말에 새로 지은 펜션이라 이 말씀. 완전 새 거라고. 내가 얼마나 고생해서 찾은 건지 알아? 2박 3일 동안 설악산의 정기를 맘껏 마시고 돌아오자고!"

'쯧쯧. 공짜로 구한 거냐? 돈 주고 구해놓고는! 하여간 제 자랑은.'

그 말을 듣는 신입생들이 기대감에 환호성을 질렀다.

그들의 마음도 이해가 되었다.

태어나서 지금까지 하루도 빠짐없이 들었을 것 아닌가?

'대학 가면 네 맘껏 놀아라.'

환호하는 학생들을 보며, 학생회장이 말했다.

"더 좋은 소식을 알려줄까?"

"뭡니까? 회장님."

새내기들이 한 목소리로 회장에게 물었다.

그는 어린 녀석들을 보며, 음흉한 웃음을 지으며 말했다.

"우리가 가는 펜션에 모 여대에서 MT를 온다는 정보를 입수했다."

"와!"

남자들만 있는 건축과 MT 현장이 들끓어 올랐다.

"학우들의 파라다이스가 바로 그곳이다. 나를 따르라."

'저 인간, 나중에 정치권으로 갔다더니. 말은 잘하네.'

그는 운동권 출신답게 신입생들을 선동하며, 대절해 온 버스에 차례대로 태웠다.

"구호. 따라한다. 최강!"

아직 멋모르는 신입생들이 회장의 선창에 화답했다.

"공대!"

"무적!"

"건축!"

내가 지나오는 내내 회장의 자기 자랑이 이어졌다.

'나도 저럴 때가 있었지. 하하.'

한 교수 사무실로 들어왔다.

나도 3학년이 되어 정식으로 세미나 식구가 되었다.

그래 봐야 세미나 인원은 민수와 나 둘뿐이었지만.

한석이는 군대를 갔다.

내가 서울의 현재건설 본사에 있는 사이, 민수와 한 교수가 송별파티를 해줬다고 한다.

민수도 MT에 참석을 하는지, 가볍게 놀러가는 차림이었다.

"형. 한석이가 형 못 봐서 섭섭해하던데요."

녀석의 너스레가 생각나서 피식 웃었다.

"뭐 죽으러 가는 것도 아닌데, 잘 다녀오겠지."

"100일 휴가 나오면 술 사 달라던데요."

"녀석. 몸 건강히 다녀오기만 하면 술이 대수겠어? 사고 치지만 말았으면 좋겠다."

한 교수도 말끔한 세미 정장 차림으로 들어왔다.

"성훈아, 진짜로 안 갈 거냐?"

"네, 안 간다니까요. 가서 술 퍼먹고 놀 시간에 저는 공부나 하렵니다. 교수님이나 실컷 노시다 오십시오."

"이게 어디 놀러가는 거냐? 다 일의 연장이지."

"거기 눈 많이 오는 동네니까, 운전 조심하시고요"

"일기예보 보니까, 이번 주는 눈은커녕 날씨만 좋다더라. 나이도 어린 녀석이 무슨 걱정이 그렇게 많은 거냐?"

'그 일기예보가 문제라고요.'

우리나라 기상청은 도저히 신뢰가 가지 않는 말을 많이 한다.

"어쨌거나 조심하시라고요."

한 교수가 피식 웃으며 내게 열쇠를 넘겼다.

"술 마실 건데, 차를 왜 가져가냐? 조심해서 잘 다뤄라."

"휴, 이제 조용하네."

3층짜리 학과 건물에 사람이 하나도 없었다.

현재에서 가져온 도면을 보고 있는데, 휴대폰이 울렸다.

'해외 전화네. 누구지?'

─성훈?

낯설지 않은 프랑스 억양의 독일어였다.

"어? 소피아. 잘 지냈어?"

-안 받을 줄 알고 걱정했어요. 성훈도 잘 지냈어요?

오랜만에 듣는 소피아의 목소리는 밝았다.

부자간의 감정싸움은 잘 정리가 된 모양이었다.

고집 센 두 남자 때문에 그녀가 얼마나 마음고생이 심했던가!

"응. 귄터는 잘 있고?"

-네, 할아버지와 아빠는 잘 화해했어요. 성훈 덕분이에요. 고마워요.

나에 대한 감사로 시작된 그녀의 수다는 끊임없이 이어지더니 순식간에 10분이 흘러버렸다.

귄터가 회사로 돌아왔고, 그가 만든 흔들의자 겸 요람을 응용해서 신제품을 만들었는데 반응이 좋다는 둥, 회사 이름을 'Germany Craft'로 바꾸었는데, 훨씬 귀티나지 않느냐는 둥 하는 이야기를 했다.

'흠. 여자는 다 이런 건가? 제발 결론을!'

10분이 지나가자 나도 인내의 한계에 봉착했다.

"소피, 내가 좀 바빠서 그런데 결론을 좀……."

-어머. 무슨 남자가 그렇게 참을성이 없어요!

순간, 속에서 천불이 끓어올랐다.

'야! 10분 동안 꼼짝도 안 하고 들었거든.'

이럴 줄 알았으면 진즉에 수화기를 내려놓을 걸 그랬다.

'중간중간에 '듣고 있어요? 성훈?'이라는 말만 없었다면,

정말로 그랬을 텐데.'

소피아는 천상 여자였다.

"휴, 그래서 어떻게 됐어요?"

한숨을 내쉬며 성질을 죽이고 말했다.

－눈이 얼마나 왔는지 알아요?

'내가 봤어야 알지! 그런데 밑도 끝도 없이 눈은 또 왜 나
오냐고?'

내 마음을 아는지 모르는지 소피아의 말이 이어졌다.

"놀라지 말아요. 얼마나 눈이 많이 왔던지, 할아버지 오두
막 한 귀퉁이가 내려앉았다니까요. 대단하지 않아요?"

누군가 말했다.

남성의 전화 통화가 정보의 전달이라면, 여성의 통화는 감
정의 전달이 목적이라고.

"그래요. 사람들은 안 다쳤어요?"

내 목소리가 약간 무덤덤해 들렸었나 보다.

－사람들? 내 걱정을 먼저 해야 되는 것 아니에요?

톡톡 튀는 목소리가 섭섭함을 토로하고 있었다.

논리적으로 생각을 해보자.

'귄터가 회사로 돌아갔다면 거기는 아무도 없었겠네.'

혹시라도 다쳤다면 지금쯤 병원에 누워 있을 것이고, 전화
도 못하겠지.

다치지 않았으니 이렇게 밝은 목소리로 통화를 하는 것이

아니겠는가?

내가 왜 걱정을 해야 하는데, 결론을 뻔히 아는데.

'지금 상황에서 이 말을 했다가는 미움을 받겠지? 후.'

"저런 소피아, 많이 다쳤어요? 정말 그렇다면 내 마음이 많이 아플 거야. 아니지?"

최대한 애절한 목소리로 말했다.

다행스럽게도 내 연기가 통했던 모양이다.

–호호. 걱정 말아요. 안 다쳤으니까, 전화를 했죠.

'으극! 내 말이!'

10분째 그녀의 목소리를 들으며, 도면에 집중하려고 했지만 실패하고 말았다.

소피아가 아쉽다는 듯 말했다.

–성훈, 걱정해 줘서 고마워요. 다음에 또 전화할게요.

나는 전화를 끊고 고개를 절레절레 흔들었다.

'그래도 다친 사람은 아무도 없었던 모양이네.'

눈이라고 해서 무시할 것이 아니다.

비는 흘러내리지만 눈은 쌓이게 되고, 폭설이 내리면 그 자체의 무게에 짓눌려 얼음이 되어버린다.

그것을 건축에서는 적설하중(積雪荷重)이라고 하며, 눈이 많이 내리는 지역에서는 설계 시 반드시 고려해야 한다.

만약 오두막이 무너질 때 사람이라도 있었다면 끔찍한 사고로 이어졌을 것이다.

'끔찍한 사고?'

어제 느꼈던 찝찝한 느낌이 사라지지 않았다.

오후 3시가 되어서 민수에게서 전화가 왔다.

─형. 저희들 잘 도착했어요.

"민수야. 날씨는 괜찮니?"

괜한 노파심이기를 기도하며 물었다.

─여기 날씨가 장난이 아닌데요. 칼바람 불어요.

"오늘 날씨 좋다고 하던데?"

"네, 대관령 넘어올 때만 해도 좋았는데, 도착하니까 추워지네요."

"쯧. 고생이 많다. 어쩌겠냐. 이미 갔는데. 여대생들이랑 잘 놀다 와라."

─여대생은 무슨 여대생이에요? 이 촌구석에 올 사람들이 누가 있겠어요?

민수도 여대생을 만난다는 희망이 있었던 것인지, 볼멘소리를 내뱉었다.

그의 투정에 웃으며 말했다.

"회장이 구라 친 거냐?"

─그런 것 같아요. 그 자식. 미친 거 아닌가 싶어요. 이게 무슨 파라다이스예요. 혹한기 훈련하는 것도 아니고. 미친 놈!

"벌써 자정이네."

방으로 돌아와 책을 보다 보니 시간이 훌쩍 지나 있었다.

'내일 일기예보나 확인하고 자야겠다.'

TV를 켰다.

정장 차림의 아나운서가 말했다.

"갑작스레 내려온 한랭전선의 영향으로 내일 저녁부터 기온이 영하로 떨어질 것으로 예상됩니다. ……특히 강원권에는 폭설이 내릴 것으로 예상되며, 일부 산간 지역에는 폭설주의보가 발효 중입니다."

이번 주 내내 날씨가 좋을 거라면서!

시도 때도 없이 바뀌는 것이 날씨라는 것은 알기에, 누구에게 따질 수도 없었다.

"아, 정말 신경 쓰여 죽겠네."

지난 삶에서 돌아오기 얼마 전, 경주의 어느 동네에서 학생들이 MT를 갔다가 죽었다는 뉴스가 계속 떠올랐다.

딱히 강원도에서 폭설로 사람이 죽었다는 소식이 있었는지 떠올려 봤지만 기억나는 것이 없었다.

"헉!"

졸다가 기겁을 하고는 벌떡 깼다.

"아, 맞다!"

1999년 3월에 강원도에 갑작스런 폭설이 내렸었다.

"그때, 새로 지은 펜션이 무너져 내렸었어."

다행이라면 개관한 지 얼마 되지 않아, 홍보가 제대로 되지 않은 관계로 사용자가 아무도 없었다는 것이었다.

"당연히 인명 피해가 없었으니, 크게 뉴스가 되지도 않았었지."

하지만 건축 잡지에서는 다루어졌었다.

폭설이 건물에 미치는 영향이 어떠하며, 건축 기준을 맞추지 못한 건물이 어떤 피해를 받게 되는지에 대한 예시로 말이다.

"이게 지난 삶의 정확한 기억인지, 아닌지는 몰라."

그래도 노심초사하며 기다리는 것보다는 직접 가보는 것이 나았다.

가서 직접 보면 무슨 해결책이라도 나올 것 아닌가!

꿈꾼 거라면 또 어떤가? 아무 일이 벌어지지 않는다면 더 다행이 아닐까?

시계를 보니 새벽 3시였다.

전화를 걸었다.

"민수야. 자냐?"

졸린 듯한 목소리가 들렸다.

─네, 형. 무슨 일이세요?

"일기예보 봤냐?"

ㅡ아뇨.

다들 지금쯤 한참 술 마시고 뻗어 있을 텐데, 뉴스 따위를 봤을 리가 없었다.

"교수님은?"

ㅡ옆에서 주무세요.

"깨울 수 있냐?"

ㅡ안 될걸요. 술 진탕 드시고, 2시에 잠드셨어요.

'학생들 인솔해서 간 양반이 학생들이랑 똑같이 놀고 있냐! 으이구.'

시동을 걸면서 말했다.

"당장 주소 불러라."

ㅡ왜요? 오시게요?

"응. 좀 걸리는 게 있어서 가 봐야겠다."

주소를 받아 적고 고속도로를 달렸다.

내 안의 성훈이 물었다.

'가서 뭘 할 건데?'

"몰라. 일단 가 봐야지. 그럼 알면서도 내버려 두냐?"

'흥. 오지랖은. 가서 펜션이 무너진다고 말하려고?'

뜨끔했다.

정곡을 찌르는 질문이었다.

성훈이 웃으며 말했다.

'하하. 가서 말해봐. 바로 정신병원으로 끌려갈 테니.'

그의 말에 반박하듯이 떠오른 생각은 이거였다.

"가서 불이라도 지를까?"

불이 나면 사람들이 알아서 대피할 것이 아닌가?

녀석이 나를 비웃었다.

'흐흐흐. 새로운 삶에서는 방화범이 되고 싶었던 거냐?'

"야, 아무것도 하고 싶은 것도 없이, 딴죽만 거는 주제에. 가만히 입 닥치고 있어!"

나 자신에게 짜증을 내면서 밤길을 달렸다.

미래를 안다고 한들, 그 기억이 항상 정확하다고 확신할 수는 없을 것이다.

거기에 더해, 내가 알고 있는 미래가 조금씩 바뀌어 간다는 것도 느끼고 있었다.

지난 삶에서 아무것도 아니었던 내가, 내 인생을 이렇게 진취적으로 개척하고 있는데, 내 주변의 다른 것들은 얼마나 바뀌었을 것인가?

누가, 언제, 어디서, 무엇이, 얼마나 변화가 있었는지도 가늠하지 못한다.

내가 알고 있는 것은 하나뿐이었다.

'왜?'

나로 인해서 변화되는 세상이라는 것.

내가 알고 있는 미래와 다른 점이 있다면 말이다.

'지금부터 내가 알고 있는 세상과 달라지는 것은 모두 내 책임이야. 다른 사람의 탓이 아니라!'

그러나 지금 내 마음을 아프게 하는 것은, 미래를 안다고 해서 바뀔 수 있는 것은 극히 드물다는 것이다.

지금의 경우, 폭설을 막아야 근본적인 해결이 되는데, 그것이 가능한 사람이 누가 있을 것인가?

'정 안 되면 진짜 불이라도 내버리지 뭐.'

룸미러에 '어떻게 불을 내면 들키지 않을까?'를 고민하고 있는 내가 보였다.

룸미러를 보며 피식 웃었다.

'야, 김성훈! 아직 확인도 안 했잖아!'

일단은 내가 아는 그 건물이 맞는지 확인을 해야 했다.

나도 모르게 오른발에 힘이 들어간다.

부아앙.

네 시간이 지나서야 속초에 도착했다.

그곳을 거쳐서도 한참을 들어갔다.

내비게이션이 없으니 지도를 보면서 찾아가는 중이었다.

'적당한 곳에서 놀다오면 되지. 망할 자식!'

학생회장을 욕하면서 운전을 했다.

지도책으로는 정확한 위치를 알기 어려웠다.

'주변에 물어볼 만한 곳이 있을까?'

어떻게 펜션을 만들어도 이렇게 산중에 만들었을까?

호연지기를 느끼기 위해서는 꼭 이렇게 산중에 와야 한다고 믿는 것은 무엇 때문일까? 추억거리가 산에만 있는 것은 아닐 텐데.

'하긴. 나도 귄터처럼 그런 산중에 살고 싶어 했으니.'

지나가는 길에 마을회관 앞에 담배를 피우는 노인이 보였다.

얼른 내려서 그에게 인사를 꾸벅 했다.

"어르신, 말씀 좀 여쭙겠습니다."

반백의 노인이 나를 위아래로 훑어본다.

대뜸 이 마을 사람이 아닌 것을 알아챈 모양이다.

경계하는 눈빛이었지만, 기분 나빠하는 기색은 아니었다.

"뭔가? 물어 보게나."

"파라다이스 펜션이 어디 있는지 아십니까?"

모르는 눈치인지, 미간에 주름이 생겼다.

"뭔 펜션?"

"파라다이스요."

생소한 이름 탓인지, 잘 모르는 눈치였다.

좀 더 자세한 설명을 해야 했다.

'가다가 길 물어볼 사람이 없을지도 모르니까.'

"작년에 새로 지은 건물이라던데요."

"김 씨네 과수원 터를 말하는 건가?"

그는 혼잣말을 하더니, 잠시 기다리라는 말을 남기고 회관으로 들어갔다.

잠시 후, 자신보다는 젊은 노인을 데리고 나왔다.

"이 친구가 이장이야. 이 동네에서는 모르는 게 없지."

노인은 나를 대신해서 설명을 했다.

"거기 과수원에 건물 올린다더니. 그거 펜션인가 하는 거 맞지?"

이장이 고개를 끄덕였다.

"저번에 산에 올라가다가 봤는데, 간판은 세워놨더라고요. 자네가 말한 이름인지는 긴가민가하네. 어쨌거나 이 동네에서 새 건물은 그것밖에 없어."

"그거 벌써 다 올린 거야?"

"껍데기는 다 올라갔죠. 그런데 아직 허가는 안 받았을 텐데."

이장의 말에 노인이 투덜거렸다.

"쯧쯧. 지 애비가 그 과수원 만드느라고 얼마나 고생을 했는데, 아들이라는 놈은 애비 묘도 세우기 전에 건물 짓는다고 땅을 밀지를 않나. 돈독이 올라가지고. 망조다. 망조."

"어르신. 어디 그 집만 그렇겠습니까? 쯧쯧."

혀를 차던 이장이 손짓을 하며 가는 길을 가르쳐 주었다.

"이 오르막 따라 죽 가다 보면 새로 만든 샛길이 있을 걸 세. 간판도 있으니까 확인하기는 어렵지 않을 거야."

"감사합니다. 어르신들."

인사를 하고 차로 돌아왔다.

마을회관에서도 10분이나 더 들어가야 하는 산골이었다.

길은 또 얼마나 꼬불꼬불하던지, 레이싱 게임을 하는 기분 이었다.

오르막을 다 올라서야 간판이 보였다.

〈파라다이스 펜션 주차장 100m〉

잠시 차를 세워두고 올라온 길을 내려다보았다.

내가 올라온 길이 뱀처럼 똬리를 틀고 있었다.

"눈이라도 쌓이면, 차 못 내려가겠는데."

이 길을 다시 내려갈 생각을 하니 기가 막혔다.

"이런 데를 어떻게 찾은 거냐? 이것도 능력이라면 능력 이다."

주차장에 차를 세운 뒤에 또 5분 정도를 걸어 올라갔다.

"민수가 미친놈이라고 욕한 이유가 있었네."

시간은 벌써 9시가 넘어 있었다.

올라가니 널찍한 마당에 학우들이 모여 있었다.

그중의 하나가 내게 다가왔다. 나를 아는 듯했다.

'누구지?'

워낙 바쁘게 돌아다니다 보니, 학교에서의 선후배 관계에 대해서는 잘 몰랐다.

'그러고 보니 작년 MT 때도 참석을 안 했었네.'

녀석이 내게 다가오더니 먼저 인사를 했다.

"안녕하십니까. 김성훈 선배님. 2학년 과대 이경호입니다."

"응. 반가워."

이름을 아는 거 보니 내 소개는 할 필요가 없어 보였다.

경호는 반가운 웃음을 띠며 말했다.

"이번에도 참가 안 하신다는 말씀을 들었는데, 이렇게 뵙게 돼서 기쁩니다."

"날 알아?"

2학년이면 작년에 신입생이었을 텐데, 나는 그들과 어울린 적이 한 번도 없었다.

"어떻게 선배님을 모를 수 있겠습니까? 성훈 선배님 삼인방은 유명하잖습니까? 에펠탑도 있고, 구조대전 대상 건도 있고 말입니다."

'흠······.'

생각을 해보니 알 만도 했다.

어떻게 하다 보니, 덩치가 큰 결과물들을 만들게 되었고,

또 그게 학교에 전시까지 되지 않았던가.

에펠탑도, 스타타워 모형도 말이다.

경호가 말을 이었다.

"이번 신입생 대다수가 에펠탑과 구조대전 모형을 보고 들어온 겁니다."

그의 말에 괜히 겸연쩍어졌다.

"하하. 내가 그렇게 유명했었냐?"

"네, 저 다음 해에는 한 교수님 세미나 지원할 겁니다. 잘 부탁드립니다."

'어이, 아직 일 년이나 남았다고.'

그리고 나는 4학년이 되면 학교에 붙어 있을 생각이 눈곱만큼도 없었다.

내가 말할 틈도 없이 뒤를 보며 학우들을 불렀다.

"야! 여기 김성훈 선배님이시다. 와서 인사드려라. 알지. 에펠탑!"

그 말과 동시에 어린 친구들의 눈이 모두 내게로 쏠렸다.

우르르 몰려와서는 인사들을 해댔다.

"김성훈 선배님, 뵙고 싶었습니다. 1학년 과대 김OO입니다."

"안 오셔서 섭섭했습니다. 2학년 이XX입니다."

'내가 이렇게 인기가 많았었나? 하긴 수업 말고는 일체 학교 활동은 안 했으니, 친해질 기회도 없었지.'

그 뒤로도 '김OO', '이XX'라는 녀석들과 비슷한 인사들이 계속 이어졌다.

누가 누구인지 하나도 기억을 못할 정도였다.

내게 필요가 없거나, 미인이 아니면 기억을 하지 않는 몹쓸 뇌 용량 때문인지도 모르지만 말이다.

다가오지 않는 그룹도 눈에 띄었다.

그들에게는 경계의 눈빛까지 살짝 어려 있었다.

"경호야. 쟤들은 뭐냐?"

그가 피식 웃었다.

"저 친구들은 민수 선배를 더 존경하는 녀석들입니다."

"크크크."

'이건 뭐냐? 파벌이 생긴 거냐? 나하고 민수?'

나도 모르게 웃음이 나왔다.

"경호야. 어제도 이랬냐? 민수한테도?"

지금이야 많이 나아졌지만, 여전히 다른 사람들에게는 히키코모리, 샤이가이로 불리는 민수였다.

녀석은 필요할 때는 말을 하지만, 모르는 사람과의 대화는 아직도 많이 껄끄러워했다.

"네, 민수 선배 팀에서 인사를 했었습니다."

"민수가 뭐래디?"

경호도 그 모습을 봤던 모양이다.

"그냥 조용히 숙소로 도망치시던데요. 그래도 저녁에 술 자리 하면서 많이 친해졌습니다."

경호의 어깨를 툭 치며 말했다.

"잘했다. 우리 민수 잘 좀 부탁한다."

경호는 서글서글한 성격에 사람들과 금방 친해지고, 지금 하는 것을 보니 나름의 리더십도 있는 친구였다.

'굳이 한석이와 비교하자면 좀 더 적극적이고, 행동력이 있다고 할까?'

경호가 그런 나를 보며 말했다.

"선배님, 한석 선배파도 있습니다."

"걔들은 뭐 하나?"

"못 봐서 섭섭하다고, 다들 술 먹고 뻗었습니다."

'가지가지 한다.'

"한석이 휴가 나오면 볼만하겠네."

100일 휴가 나와서 아가씨들도 아니고, 술꾼들 사이에서 술만 퍼마시다가 군대로 돌아갈 녀석의 미래가 내 눈에 보였다.

'하나를 보면 열을 안다지만 안 봐도 아는 것도 있지.'

잠시 새내기들의 생기발랄한 기운에 내 목적을 잊고 있었다.

'이런 녀석들 눈에 눈물 나게 할 수는 없잖아. 안 그래?'

경호에게 물었다.

"참! 학생회장 봤냐?"

"네, 지금 주무시고 계십니다. 그래서 제가 이후 일정을 진행하고 있었습니다."

"이후 일정이 뭔데?"

녀석이 어깨를 으쓱하며 말했다.

"뭐, 족구나 줄다리기. 그런 겁니다."

'나름 책임감도 있고. 괜찮은 녀석인데.'

인솔을 해온 놈이 본분을 망각하고 술 퍼마시고 잠이나 자다니, 짜증이 살짝 났다.

"그 자식도 어제 술 많이 마셨냐?"

"네, 아무래도 분위기를 주도하는 자리다 보니."

"너는?"

"전 원래 술 셉니다."

호언장담하는 녀석이 귀여워서 절로 웃음이 나왔다.

"나중에 형이랑 한잔하자."

"네, 감사합니다. 선배님."

경호는 허리를 꾸벅 숙이며 인사를 했다.

녀석의 안내를 받으며 학생회장이 있다는 방으로 갔다.

가는 길에 건물들을 둘러보았다.

큰 건물 하나에 작은 건물 두 개, 총 세 동으로 이루어져 있었다.

펜션이라기보다는 교회 수련회의 용도에 맞을 듯한 건물

이었다.

철제 구조에다가 외벽에는 샌드위치 판넬을 붙여서 만들어 놓은 조립식 건물이었다.

'MT 용도로는 괜찮겠네. 튼튼하기만 하다면.'

가면서 물었다.

"경호야. 우리가 세 동 다 쓰는 거냐?"

"아뇨. 두 동을 우리가 사용하고, 나머지 하나는 다른 사람들이 예약했다고 하던데요."

"언제 오는지는 모르고?"

"네, 그것까지는 못 들었습니다."

'기억이 정확하지는 않지만, 구조는 똑같은데. 지역도 얼추 비슷하고.'

심장이 쿵쾅거리며 뛰었다.

'이 큰 건물이 무너지면, 그 아래 깔린 사람은 무조건 죽는다.'

넓은 공간을 확보하기 위해서였던지, 기둥이 생각보다 띄엄띄엄 박혀 있었다.

'대들보도 그렇게 튼튼해 보이지는 않는데.'

그 건물이 아니라고 해도, 내 생각에 위험하기는 매한가지였다.

'아니면 다행이지만, 위험은 일단 피하는 게 먼저지.'

위아래를 둘러보며 가는 사이에 방에 도착했다.

"크, 술 냄새."

학생회 간부들과 숙소에 들어와서도 술을 먹었던지, 방 곳곳에 양주병이 나뒹굴고 있었다.

"술 못 먹어 죽은 귀신이 있는 것도 아니고. 쯧쯧."

나도 한때는 술을 이겨 보고자 기를 쓰며 마셨던 적이 있었다. 선천적으로 술이 강한 편이었기에, 소주 5병을 먹어도 멀쩡한 정신일 때가 많았다.

당연히 목표는 열 병 혹은 그 이상이었다.

'미친 짓이었어. 죽을 때도 취해 있었지.'

여전히 술은 좋아했지만, 술 먹은 다음 날 몸에서 풍기는 냄새는 싫었다.

내 몸에서 나는 것도 싫은데, 꼴 보기 싫은 녀석의 냄새는 더 말할 필요가 있으랴!

"경호야. 깨워라."

학생회장이 부스스 눈을 뜨며 말했다.

"어? 성훈 선배 왔네요. 안 오는 줄 알았더니."

녀석의 입에서 똥 냄새가 났다.

'맘 같아서는 패버리고 싶네.'

지난 삶의 소문만으로 눈앞의 학생회장을 어떻게 할 명분은 없었다. 정치권으로 갔다고 다 사기꾼으로 치부할 수는 없지 않는가?

학생 때부터 학생회의 공금을 유용하고, 총학생회장이 되기 위해 뒤로 로비를 했다는 등등의 말이 있었지만, 나는 관심이 없었었고, 또한 어디까지나 소문일 뿐이었다.

'지금 내 눈앞에 보이는 현상들이 짜증 날 뿐이지.'

학생들에게 10만 원씩 거둔 돈을 가지고, 기껏해야 곡식 창고로 쓰일 만한 곳을 빌렸다는 게 짜증이 나는 거였다.

'이장은 아직 영업허가도 안 받은 것 같다고 했었는데.'

이제부터는 심각한 이야기를 해야 했다.

애들이 들으면 안 되는 이야기 말이다.

'괜한 혼란을 부추길 필요는 없지.'

"경호야, 나가 있어라."

경호는 나와 학생회장의 눈치를 슬쩍 살피더니 군말 없이 나가 버렸다.

"야, 이 건물 눈 오면 무너질 가능성이 크다. 애들 챙겨서 나가는 게 어떠냐?"

예상치 못한 말이었는지, 기지개를 켜면서 일어난다.

"선배. 그게 무슨 뚱딴지같은 소립니까? 멀쩡한 건물이 왜 무너져요?"

그의 말에 벽을 툭툭 치면서 물었다.

"넌 이 스티로폼 판넬이 멀쩡해 보이냐?"

"어젯밤에 그렇게 바람 불어도 멀쩡했다고요. 그 소리 하시려고, 예까지 온 겁니까?"

회장이 주전자에 입을 대며 중얼거렸다.

"거참, 실없는 선배네."

실핏줄이 빠직 하고 터지는 듯 이마가 따가웠다.

보통 이런 말을 하면, 왜 그런 건지 해명을 요구하든지, 혹은 듣고 나서 반려를 하든지, 보통은 그렇지 않던가?

'이 새끼. 완전 썩었네.'

회장의 옆의 간부들을 툭툭 치며 깨웠다.

"야. 총무, 회계. 일어나 봐라. 성훈 선배가 이상한 소리 한다."

숙취에 괴로운 듯 같이 누워있던 둘이 일어나 앉았다.

"뭔데? 회장."

일어난 회계가 나를 보더니 말했다.

"성훈 선배네. 요새 억수로 나간다면서요?"

총무가 그 말을 받으며 웃었다.

"그러게. 씨발. 누구는 민주화 운동 하느라, 쌍권총을 찼는데 말이야. 좋겠수."

빙글거리며 웃는 얼굴에 빈정댐이 섞여 있었다.

"허."

헛웃음이 나왔다.

'이것들이 으름장을 놓네. 어이가 없어서.'

내 앞의 놈들이 학생인지 건달인지 구분이 안 되었다.

학생회장은 더 가관이었다.

"야, 그래도 선밴데, 그러면 쓰나?"

그러면서 옆의 놈을 슬쩍 부추긴다.

너무 어이가 없어서 웃음밖에 안 나왔다.

'학생회장도 권력이라 그거냐? 떠받들어 주니까, 뭐라도 된 줄 아는 건가?'

한번 '왕놀음'이라는 병에 걸리면 죽어야 고친다.

항상 휴대하고 다니던 볼펜의 스위치를 눌렀다.

44장
MT(2)

세상에서 가장 우스운 게 뭔지 아는가?

그건 우물 안 개구리가 왕 노릇 하는 거다.

한 편의 저질스런 촌극을 보는 기분이랄까?

'안타깝네. 거기에 장단 맞춰줄 사람이 아니라서.'

뜻하지 않게 판이 짜여졌으니, 신명 나게 놀아보지 뭐.

100kg쯤 나가는 거구인 총무가 건들대며 다가왔다.

"선배, 요즘 존나 잘나가더라. 상금도 많이 받았다던데. 그거 학생회에 기부나 좀 하지."

그러면서 내 어깨를 툭 쳤다.

'I.M.F.가 애들을 버려놨네. 선배들이 신경 안 쓰니까 세상이 제 것 같지.'

이 녀석들의 생각이 도저히 납득이 가질 않았다.

다른 과도 아니고 건축과가!

눈 오면 폭삭 주저앉을 이런 곳을 구해놓고 뭐가 어째!

건축과가 건물 무너져서 애들 죽었다고 하면 신문 일면거리다.

'이것들이 선배들 얼굴에 똥칠을 하는구나.'

사람이 좋아 보이니까, 별 시답잖은 것들이 다 덤빈다.

"총무, 너 지금 나 쳤어?"

나를 비웃으며 다시 어깨를 밀었다.

"자, 또 쳤다. 어쩔래! 선배 대접 해주니까, 네가 뭐나 된 줄 알아?"

"니들이 이런 식으로 나오면 나 못 참는다. 이거 정당방위인 거, 알아?"

녀석이 나를 보며 놀리듯이 웃었다.

"네, 정당방위 하세요. 선배."

그 옆으로 회계 녀석이 나섰다.

이 녀석은 독하게 생긴 얼굴로 딱 봐도 깡 좋게 생겼다.

"씨발, 후배들은 학원 자유화와 민주화를 위해서 이렇게 고생하고 있는데, 속 편하게 공부나 처하고 앉았습니까? 선배?"

절로 웃음이 나왔다.

'학생이 공부하는 거 가지고도 난리냐?'

난 다시 살게 되었어도 공부 제대로 안 한 게 한이던데.

내 웃음이 놈의 화에 불을 질렀던 모양이다.

"이게 웃어? 씨발. 누군 공부할 줄 몰라서 안 해? 다 나라와 민족을 위해 희생하는 거라고. 알아?"

'이건 뭐 고삐리 겁주는 것도 아니고.'

연극 그만하고 패버릴까 하는데, 뒤에서 팔짱을 떡하니 끼고 나를 비웃는 회장이 보였다.

'좀 더 하자.'

"야, 회장. 얘들 좀 말려 봐라."

"이 새끼야. 회장님이 니 친구야? 어디서 혓바닥을 나불거려."

'이젠 아주 별걸로 다 시비를 거네.'

회장이 피식 웃으며 어깨를 으쓱거렸다.

'그러게 왜 쓸데없는 소리를 하느냐'는 의미리라.

'요것들 봐라. 완전 왕 같은데.'

"야, 너 웃어? 어깨까지 으쓱여? 너 이러면 폭행 방조란 거 알아? 범죄라고, 범죄!"

회계가 비릿하게 웃었다.

"조또, 선배는 주둥이로 싸우나 봐."

"그러게 존나게 혓바닥 기네. 흐흐흐."

총무에게 말했다.

"자꾸 이렇게 툭툭 치면 나 안 참는다."

이번에는 회계가 내 이마를 손가락으로 툭툭 밀었다.

'으, 이거 열 받네.'

회계가 말했다.

"선배, 참지 마. 아무도 참으란 말 안 했거든. 바보냐?"

"나 이거. 분명히 말하는데, 정당방위다."

"지랄도 가지가지 하네. 그래, 정당방위 해라. 처맞고도 그런 소리 나오나 보자. 응?"

놈의 비웃는 소리를 들으며 방을 빙 둘러봤다.

총무가 말했다.

"뭘 보냐? 도와줄 사람이라도 있을까 봐? 소리라도 지르든가. 흐흐."

'혹시 CCTV가 있을까 싶어서 봤다. 바보들아.'

이 시절에, 이런 건물에 그런 게 있을 리가 만무했지만, 사람 인생 알 수 없는 거 아니던가?

마지막으로 기회를 주었다.

"회장아. 얘들 말려라. 안 그러면…….'"

"안 그러면 어쩔 건데?"

"너 학생회에서 공금 횡령한 거 다 까발린다."

물론 근거는 지난 삶에서의 소문들이었다. 확실하지 않은 기억이지만 털어서 먼지 안 나오는 사람 못 봤다.

회장이 웃었다.

"어이가 없네. 거 참, 그거 모르는 사람도 있어? 다 알면서도 내버려 두는 거라고. 학교에서도 나는 못 건드려. 병신아."

'흐흐. 그건 명확한 증거가 없을 때나, 협상이 필요할 때 하는 이야기고.'

이처럼 멋모르고 까부는 것은 어설프게 알기 때문이리라.

그래서 더 싫다.

순진한 건지, 멍청한 건지 구분 못하는 녀석들이 더 잔인하다. 자신들이 정의라고 생각하기 때문이다.

자신들만 정의라고 생각하기 때문에 죽음도 불사한다.

마치 카미카제(자살특공대)가 그랬던 것처럼.

"감히 나를, 학생회를 협박해!"

"인정하는 거냐? 난 그냥 소문 얘기한 건데."

"그래, 인정하면 어쩔 건데. 학교에서 알아도 방법 없어. 니 말을 누가 믿어준다고."

총무가 말했다.

"회장, 빨리 끝내자. 귀찮다."

"알았어. 힘도 없는 게 공부 좀 한다고 선배랍시고 까불면 이렇게 되는 거야. 새끼야. 꿇려."

'배짱 좋네. 그 배짱. 어디까진지 확인하자고.'

앞으로 내밀었던 팔을 내렸다.

그동안 한기 녀석과 흘렸던 땀의 성과를 확인할 시간이었다. 확인할 시간 동안 상대가 버텨 줄지는 의문이지만.

관장의 조카인 그는 아마추어 권투 챔피언이었는데, 지금은 MMA로 종목을 바꾸는 중이었다.

한기가 입버릇처럼 말했었다.

'형. 땀은 배신하지 않아요.'

총무가 내 얼굴로 주먹을 뻗었다.

"아씨, 얼굴은 때리지 말라고."

턱.

나를 향해 뻗어오는 주먹을 잡았다.

어떻게 이게 가능하냐고?

'지금 내가 한기 녀석의 스파링 파트너를 하고 있거든.'

전직 권투 선수였던 한기의 잽에 비하면, 총무의 주먹은 하품이 나올 정도였다.

일류 격투가의 주먹질만 아니라면 눈에 보일 정도로 훈련을 했었고, 특히나 외국이라도 간다 치면 특훈이라면서 나를 괴롭혔었다.

'형, 외국 나가서 맞고 다니면 호소할 곳도 없어요'라면서 말이다.

"어?"

갑작스런 상황에 당황하는 녀석에게 말했다.

"내가 얼굴은 때리지 말라고 했지?"

'얼굴로 날아오는 거 뻔히 아는데, 아마추어도 못 되는 녀석의 주먹을 못 잡으면 난 등신이게.'

총무를 향해 잽을 날렸다.

기습적인 공격 한 방에 총무의 코뼈가 내려앉았다.

곧이어 양 콧구멍으로 피가 쏟아져 나왔다.

당황한 녀석에게 웃어주면서 로우킥을 날렸다.

뻑.

어찌나 찰지게 들어갔는지, 방 안에 메아리가 울릴 정도였다.

총무의 일그러지는 얼굴이 아래로 떨어져 내린다. 두툼한 눈두덩에서 눈물이 한 방울 흘러내렸다.

방어를 해야 할 자유로운 오른손은 어처구니없게도 자신의 허벅지를 감쌌다.

'흥. 완전 초보구만.'

아래로 주먹을 뻗어 두툼한 턱을 날려 버렸다.

'금은 안 가도 한동안 음식 먹기 어려울 거야.'

뚱보는 '헉' 하는 짧은 신음성과 함께 입을 벌린 채 쓰러져 버렸다.

일어서려고 버둥거렸지만, 고통만 늘일 뿐이다.

그대로 텅 빈 녀석의 복부를 짓밟아버렸다.

"꾸웨엑."

방 안에 역한 냄새가 퍼졌다.

회계가 공격 자세를 취하고 멍하게 나를 쳐다본다.

"난 누차 말했다."

"네, 네? 뭘요?"

'맞는 거 보니까, 존댓말 나오지.'

"정당방위라고."

회계의 얼굴이 일그러졌다.

"맞지? 정당방위?"

녀석을 향해 집게손가락을 움직였다. 까딱까딱.

'안 오면 내가 가지. 그런다고 덜 아프지 않거든.'

그를 향해 다가갔다.

사각 링보다 작은 방에 도망칠 곳은 없다.

녀석이 뒤로 물러서며 말했다.

"서, 선배님."

다가가는 동안 놈의 등이 벽에 닿았다.

놈의 어깨를 짚었다.

"진작 그러지 그랬냐?"

놈의 턱에 엘보우를 박아 넣었다.

턱이 팔꿈치에 맞은 반동으로 맞은 벽에 부딪혔다.

"커헉."

'이 새끼, 뇌진탕 걸리는 거 아냐?'

하지만 이미 시작한 싸움, 확실하게 밟아야 했다.

놈의 복부에 니킥을 꽂아 넣었다.

"큭."

다시 한 번 복부를 뚫을 것처럼 강하게 꽂았다.

"우웩!"

벽이 쓰러질 듯 흔들거린다.

'거봐. 이렇게 약하다고.'

회계가 무릎을 꿇고 토악질을 해댔다.

'남은 놈이 누구더라.'

학생회장은 여전히 팔짱을 낀 채였다.

아까의 비웃음은 어느새 사라지고 없었다.

'상황 파악이 안 되겠지.'

쓰러진 둘을 가리키며 그를 보았다.

"봤지. 분명히 정당방위라고 했다."

팔짱을 풀 여유도 없었는지, 눈만 데굴데굴 굴리고 있었다.

놈에게 다가갔다.

제일 꼴 보기 싫은 놈이고, 봐준다고 해도 보복이나 생각할 놈이었다.

"회장아."

"선배님, 저는 안 덤볐는데요."

"응. 개인적인 감정은 없다."

원래 패거리는 연대책임이고, 대가리가 제일 많이 맞는다.

"네?"

뻑.

놈의 왼쪽 허벅지를 발로 찼다.

"크아……."

뻑.

다시 찼다.

약간의 개인감정이 섞였겠지만, 지금 나는 굉장히 냉정하다.

이번에는 왼쪽 허벅지를 가격했다.

뻑. 뻑.

놈이 실 끊어진 꼭두각시처럼 풀썩 주저앉았다.

"회장아."

이를 악물고 나를 올려다본다.

'그럴 줄 알았다. 쉽게 포기할 수 있는 게 아니거든.'

사실은 아까부터 으쓱거리는 어깨가 보기 싫었다.

마음 같아서는 관절기로 부숴 버리고 싶지만 참았다.

'인간 같지도 않은 것들이 인간인양 행세하면, 정말 역겹거든.'

꿇은 놈의 어깨에 로우킥을 찼다.

뻑.

옆으로 튕겨 나가 동료가 있는 곳까지 주르륵 밀려났다.

그리고……

밟았다.

내 분노가 풀릴 때까지.

방문이 벌컥 열렸다.

경호였다.

"성훈 선배님, 괜찮으……."

화난 얼굴로 말했다.

"닫아!"

"네!"

쾅.

오 분 정도가 지났을까?

"후."

그동안 비명 소리는 들리지도 않았다.

원래 아프면 비명 소리 안 나온다. 나오는 건 타격 당시의 신음 소리뿐이었다.

돈 몇 푼 떼어먹기 위해서 사람 생명으로 장난치는 놈들에게 용서라는 말은 불필요한 단어였다.

"으윽."

고요한 가운데 신음 소리만 울려나왔다.

밖을 향해 말했다.

"밖에 누가 있어?"

경호가 문을 열고 들어왔다.

"네, 선배님."

"수건 물에 적셔 가지고 와라."

경호가 대답과 동시에 밖으로 나갔다.

"앉아라."

앞의 세 놈은 신음만 할 뿐, 미동이 없었다.

'맞을 땐 잘도 저항하더니.'

"아직 덜 맞았네."

딸칵.

손잡이의 잠금쇠를 걸어 잠갔다.

경호가 물에 적신 수건을 가져왔을 때, 방 안에서는 다시 발길질 소리와 신음 소리가 어우러져 나오고 있었다.

조용히 손잡이를 살짝 돌려보았다. 잠겨 있었다.

'휴.'

가끔씩 학생회장이 마음에 들지 않는 간부들이 있을 때는 이런 식으로 폭력을 자행한다고 이야기를 들었다.

그리고 겨레와 민족의 해방과 민주화를 부르짖는 자들은 선배, 혹은 선임들의 그런 폭력을 당연한 것으로 생각하고 있었고, 그것은 대물림되었다.

그 틀을 벗어나려고 하면 학교를 자퇴하는 수밖에 없었다.

'성훈 선배님, 무서운 건 알았지만 아주 제대로 밟으시네.'

꼴통으로 유명했던 한석이 성훈과 같은 팀이 되고부터는 모범생이 되었다는 사실에 과내에는 소문이 분분했었다.

꼴통 바로잡기는 죽도록 패는 것밖에 없다고.

경호 자신도 먼발치에서 보았지만, 오로지 보이는 것은 한석 선배가 대들다가 맞는 모습뿐이었다.

그것도 얼마 전에 가까이서 목격하지 않았던가!

'최근에 외국 갔다가 돌아오셨을 때도 그랬지. 보자마자 한석 선배 뒤통수를 갈기실 줄이야. 거기다가 그 로우킥은 또 얼마나 강했던지.'

건물 복도에 쩌렁쩌렁 울려 퍼지는, 분노의 한 방이 아니었던가?

'한석 선배는 아무 일도 아니었다고 했지만, 그렇게 맞고도 멀쩡하게 다닐 정도면 대체 얼마나 맞았다는 말이야?'

◆

"회장아, 나도 아무런 근거 없이 MT를 철수하자는 말은 안 한다."

무릎 꿇은 학생회장이 의자에 앉은 나를 올려다본다.

그 눈빛이 마음에 안 든다.

'한 번만 더 덤벼라. 그땐 진짜 지옥을 보여줄 테니까.'

그를 노려보며 다리를 꼬았다.

학생회장이 움찔했다.

"눈깔아."

"네, 선배님."

"한 교수님께 가서 물어보자. 건물에 문제가 없다고 말씀하시면 나도 아무 말 안 하겠다. 됐지?"

회장이 고개를 끄덕였다.

"앞장서라. 난 어디 계시는지 모르니까."

셋이 절뚝거리며 내 앞을 걸어가고 있다.

"똑바로 안 걸어? 어디서 엄살이야?"

나의 짜증 난 목소리에 셋이 동시에 허리를 폈다.

경호가 조심스럽게 물었다.

"선배님, 어쩌시려고."

"뭘?"

"보복 들어올 텐데요."

"흐흐. 제발 그래 달라고 빌고 있다. 그때는 진짜로 죽여버릴 테니까. 한 번은 봐주지만, 두 번은 못 봐주지."

앞서서 걸어가는 셋을 보며 경호가 말을 이었다.

"그러다가 깽값 무세요."

"왜 돈 들어갈까 봐?"

녀석이 고개를 끄덕였다.

"흥. 그런 돈은 안 아깝다. 돈 주고 더 때리지 뭐. 사람 목숨 가지고 장난치는 것들은 아주 죽여 놔야 돼."

돈은 또 벌면 되지만, 저런 놈들 때문에 죽어간 생명은 되돌릴 수 없다.

'한 교수에게도 미래의 진실을 이야기할 수는 없지만, 적어도 그라면 명확한 판단을 내려줄 거야.'

한 교수가 묵는다는 방문을 두드렸다.

안에서 대답이 들려왔다.

"우웩!"

벌컥 방문을 열었다.

초췌한 모습의 한 교수가 토악질을 하고 있었다.

민수는 옆에서 그의 등을 두드리고 있었다.

"어떻게 된 거냐?"

민수가 난처한 얼굴로 대답했다.

"아무래도 술병 나신 것 같아요."

'아이고, 머리야.'

가장 든든한 우군이라고 생각했던 한 교수가 정신을 못 차리고 있었다.

'젠장, 어째 이런 일이.'

한 교수에게 다가가 상태를 살폈다.

사실 확인할 것도 없었다. 인사불성이었으니까.

"민수야, 언제부터 이런 거냐?"

민수가 한 교수 입가의 침을 닦으며 말했다.

"아까 씻고 와서 깨웠는데, 정신을 못 차리시네요."

이마를 짚으며 물었다.

"대체 얼마나 마셨길래 이러냐?"

민수가 고개를 절레절레 흔들었다.

"글쎄요. 전 술 별로 안 좋아해서, 조금 어울리다가 나왔으니 모르죠."

경호가 나를 불렀다.

"성훈 선배님."

나를 부르는데, 시선은 회장 삼인방을 향하고 있었다.

내 눈도 회장과 똘마니들을 향했다.

"뭘 얼마나 마신 거냐?"

"저희는 그냥 한 교수님과 친해지고 싶어서."

"묻는 거나 대답해라."

"이냥저냥 폭탄주 몇 잔……."

언양 불고기 먹을 때 봐서 아는데, 그냥저냥 몇 잔으로는 꿈쩍도 안 할 사람이었다.

'이것들이 어디서 구라를.'

"야, 한 교수님 술 세다. 사실대로 말해라."

"폭탄주 몇 잔을 말아드렸습니다."

"얼마나 드셨는데?"

"저……."

말꼬리를 늘이는 꼴이 영 미덥지 않았다.

"한 3, 40잔 정도입니다. 진짜로 어제는 멀쩡하셨습니다. 믿어주십시오. 선배님!"

찔끔한 회장이 다급하게 말했다.

'멀쩡할 리가 없잖아! 이 자식이 결정적인 때에 초를 쳐?'

자연히 회장을 보는 내 눈매가 고울 리가 없었다.

놈이 양손을 내저었다.

"절대로 억지로 안 권했습니다. 교수님이시잖아요."

'나도 알거든!'

한 교수는 권한다고 마지못해 먹을 사람이 아니다.

'입에 맞는다고 홀짝거리며 마셔댔겠지. 오늘 이렇게 될 줄 모르고. 아이고, 머리야.'

어이없는 웃음이 내 입에서 터져 나왔다.

내 웃음을 오해한 총무가 말했다.

"폭탄주가 입에 짝짝 붙으신다면서, 잘 드시더라고요."

"총무, 네가 말았냐? 술 좀 말 줄 아는가 보지."

화가 나서 빈정거리는 말이었다.

회장이 옆구리를 쿡쿡 찌르는데도, 총무는 눈치를 채지 못했다.

"네, 선배님. 제가 폭탄주는 잘 맙니다."

회계가 퉁퉁 부은 얼굴로 어색하게 말했다.

"선배님, 저런 상황인데 어떡하실 겁니까?"

그 말에 피식 웃음이 나왔다.

'이 자식이 돌았나? 스스로 멍석을 까네.'

"그래, 지금 웃음이 나오지? 이런 상황인데 나는 어떻게 해야 할까?"

학생회장의 얼굴이 파리해졌다.

"선배님, 저는 아무 말도……."

"알아. 닥쳐!"

이럴 경우 철수하자는 말은 안 하겠다고 했지.

안 때린다는 말은 절대 안 했다.

"경호야, 옆방 비었는지 확인하고 와라."

팰 때는 패더라도 남들에게 보이고 싶지는 않았다.

한 교수 아픈 곳에서 푸닥거리를 하는 것도 예의는 아니었고.

내 말에 삼인방의 시푸르뎅뎅한 얼굴이 노랗게 물들었다.

"선, 선배님, 제발."

결자해지(結者解之)라고 했다.

똥 싼 놈이 스스로 치워야 한다는 말이지.

'그냥 패버리고 끌고 나가는 건데. 괜히 한 교수에게 물어보자고 해서는.'

이런 자식들이라도 말로 납득시키려고 했던 내 입이 원망스러웠다.

생각이 입으로 흘러나왔다.

"납득은 무슨 납득. 그냥 진행할걸."

회장 삼인방은 지금 내 앞에 머리를 박고 있었다.

'이미 기죽은 놈들을 더 패서 뭘 하겠어.'

회장에게 물었다.

"여기 계속 있을래?"

"네? 으윽."

대답과 함께 신음이 흘러나왔다.

"내가 아까 그랬지. 내려가자는 말은 안 한다고."

"네, 그렇게 말씀하셨습니다. 선배님."

회장의 신음 섞인 말에 고개를 끄덕였다.

"안 내려가도 된다."

"네? 정말 그래도 됩니까?"

갑자기 무슨 변덕인가 싶을 것이다.

"니들이 내려가고 싶을 때 내려가자."

그리고 말을 이었다.

"나는 내려가고 싶지만 말이다."

"그래도 선배님. 학생회 입장이 있는데……."

'입장? 쯧쯧. 아직 정신 못 차렸지.'

하고자 하면 억지를 부려서 후배들을 인솔해서 내려갈 수도 있었을 것이다.

하지만 그렇게 해서는 절차를 무시했다면서 나중에 구설수에 시달릴 게 뻔했다.

'내려가고 싶게끔 만들어주지.'

"그래, 니들도 입장이 있겠지."

묵묵부답 답이 없었다.

"나도 온 김에 쉬다 가야겠다. 어차피 할 일도 없거든."

"그럼 저희들 좀 용서해⋯⋯."

말귀를 못 알아먹는다면 직접 깨닫게 하는 수밖에 없다.

"오른 다리 든다. 실시!"

세 놈의 입에서 신음이 흘러나왔다.

"으윽."

"실시!"

놈들의 올라온 다리가 바들바들 떨린다.

맞기 싫으면 아무리 힘들어도 들어야 한다.

내 스스로에게 물어보았다.

너무하는 거 아니냐?

'한 짓을 생각해 봐라. 사람 목숨으로 장난쳤다고.'

용서해 줘야 하는 거 아니냐?

'내가 성자냐?'

선배에게 대들어서 이러는 거냐?

'선배인 건 사실이지만, 선배라서 이러는 건 아냐.'

그럼 뭔데. 네가 힘이 있어서?

'다 틀렸어. 난 그저 화가 났을 뿐이야. 머저리 같은 놈들이 인간입네, 학생회장입네. 하면서 나대는 것에.'

실제로 내가 힘이 없었다면, 바른말을 하고도 폭행을 당했을 것이며, 결국은 사람들이 다치거나 죽는 것을 눈뜨고 지켜볼 수밖에 없었을 것이다.

'누누이 이야기했잖아.'

뭘?

'정당방위라고.'

나는 이 세 놈을 개심시킬 생각도 미워할 생각도 전혀 없었다. 그저 내 눈앞에 보이지 않았으면 하는 생각뿐이었다.

학교 생활 내내.

경호가 들어왔다.

"선배님, 점심 식사는……."

말하는 경호의 머리에 허옇게 눈이 내려앉아 있었다.

"경호야, 밖에 눈 오냐?"

"네, 선배님. 아까부터 눈이 엄청나게 내리는데요?"

'저녁부터 눈이 내린다고 했는데, 하여간 일기예보는 도통 신뢰할 수가 없어.'

서둘러 왔으니까 올 수나 있었지. 안 그랬으면 올라오지도 못했을지도 몰랐다.

"선배님, 밖에서 애들 눈싸움하고 난리도 아닙니다."

뭐? 눈싸움을 할 정도로 눈이 왔어?

"아니 눈이 얼마나 왔길래……."

'이런.'

커튼을 열어 보니 벌써 눈이 소복이 쌓여 있었다.

강원도의 급변하는 날씨를 미처 생각을 못했다.

엎드린 놈들에게 물었다.

"회장아, 여기 계속 있고 싶지."

셋이 이구동성으로 말했다.

"절대로 아닙니다. 윽, 내려가고 싶습니다."

"나 때문이면 굳이 안 내려가도 돼. 알지?"

"아닙니다. 바로 짐 싸서 내려가겠습니다, 선배님."

"기상."

셋의 얼굴이 폭발할 것처럼 벌겋게 달아올라 있었다.

갑자기 일어나서 어지러웠던지 비틀비틀 거렸다.

"똑바로 안 서!"

삼인방이 긴장한 모습으로 부동자세를 취했다.

얼굴에 멍이 들고, 코에서는 피가 나오고, 처참한 몰골들이었다.

'왜 말로 하면 안 듣는지 몰라.'

"회장, 여행사에 전화해서 버스 끌고 올라오라고 해. 지금 당장!"

"네, 선배님."

그래도 회장 녀석은 빠릿빠릿하게 말귀는 잘 알아들으니 다행이었다.

나도 밖으로 나가며 휴대폰을 꺼냈다.

나가기 전에 엄포를 놓았다.

"무슨 수를 쓰든지, 버스 끌고 와. 안 그럼 죽었다고 각오하는 게 좋을 거야."

밖으로 나오니 벌써 눈이 발목을 덮을 정도로 쌓여 있었다.

'폭설이네. 폭설.'

신입생들과 2학년들이 편을 나누어서 눈싸움을 하는 것이 보였다.

저런 웃음을 돈과 바꿔서는 안 되지 않겠는가?

그 모습을 지켜보며 통화를 했다.

"총장님, 그렇게 좀 부탁드리겠습니다."

통화를 끝마칠 때 즈음, 경호가 뛰어오는 것이 보였다.

"버스 언제 온대냐?"

"못 온답니다. 눈이 너무 많이 오고, 가파른 오르막이라서 오다가는 반드시 사고 난답니다."

벌써 길이 얼기 시작한 건가?

"아, 꼬이네. 꼬여. 빨리 내려가야 되는데."

"그런데 선배님, 왜 그러시는 겁니까?"

"경호야, 구조 배웠냐?"

"아직 안 배웠습니다. 이번 학기에 배웁니다."

경호에게 적설하중에 대해서 가르쳐 주었다.

그게 얼마나 위험한지도 말이다.

지진, 태풍은 손도 못 댈 재앙이지만 온다는 티는 낸다.

하지만 눈은 소리 없이 내려와 집을 찌부러뜨린다.

"저, 성훈 선배님."

경호를 바라보니 뭔가를 물어보고 싶은데 참는 듯했다.

"뭔데, 물어보고 싶은 거 있으면 어려워 말고 물어봐."

"아까 통화하신 분은 누굽니까?"

"총장님."

"우리 대학 총장님요?"

"응. 왜?"

나를 대단한 사람 보듯이 쳐다본다.

정확히는 존경과 선망의 눈빛이었다.

'총장하고 통화하는 게 뭐 그리 대단한 일이라고.'

하긴 어린 친구들에게는 그게 대단한 일일 수도 있겠지.

"정말이십니까? 와. 선배님. 그럼 무슨 말씀을……."

"그건 알려고 하지 말고."

한 교수 숙소로 향하며 경호에게 말했다.

"애들 대강당에 다 모이라고 해. 회장 지시라고 하고."

학생회장에게 물었다.

"니들 차 끌고 왔냐?"

아까 주차장에는 폭스바겐 비틀이 주차되어 있었다.

끌고 왔다면 약이 올라서 더 팰 생각이었다.

잘사는 집 같지는 않아 보이는데, 그런 차를 몰고 다닌다면 공금 횡령으로 산 것일 테니까.

그런데 뜻밖의 대답이 나왔다.

"아닙니다. 저희는 애들이랑 섞여서 같이 왔습니다."

"다른 사람도 차 안 끌고 왔어?"

"네, 아무도 차 끌고 온 사람 없었습니다."

"주차장에 폭스바겐 한 대 서 있던데."

학생회장이 고개를 갸웃했다.

"저희 차 아닙니다."

"맞을까 봐, 거짓말 하는 거 아니지?"

"그럴 리가 없잖습니까? 선배님. 저희 차면 어차피 갈 때 끌고 가야 하는데요."

맞는 말이었다.

바로 들통 날 거짓말을 할 정도로 회장이 멍청이는 아니었으니까.

"그럼 누구 차냐?"

"옆 펜션에 누가 왔나 봅니다. 어제 왔을 때는 아무도 없었습니다."

"경호야. 가서 확인해 보고 와라."

경호가 나가고. 벽에 세워진 빗자루를 집어 들었다.

회장이 움찔하면서 나를 곁눈으로 바라본다.

'이번에는 몽둥이로 때릴 셈인가?'하며 겁먹은 눈치였다.

"회장아, 나 약속 잘 지키는 거 알지."

"네, 알고 있습니다. 선배님!"

또 맞을까 봐 무서운지, 회장의 눈동자가 파르르 떨린다.

"내가 분명히 말했지."

"무슨 말씀이신지? 정당방위는 이미……."

회계와 총무도 대화에 끼어들었다.

"선배님, 제발 빗자루는 놓으시고…… 말씀만 하시면 다 따르겠습니다."

'이것들이 나를 깡패로 아나?'

때린 건 한 번밖에 없었는데, 왜 이 난리들인지.

"첨부터 말을 들었으면 이런 일도 없었을 거 아냐!"

나도 모르게 이가 으드득 갈렸다.

"내가 말했지. 무슨 수를 쓰든지, 버스를 끌고 오라고."

회장과 똘마니들이 무릎을 꿇었다.

"선배님, 이건 천재지변 아닙니까? 제발."

불쌍한 몰골들이었다.

'후배를 잘못 가르친 내가 잘못이지.'

"받아라."

"네?"

놈들에게 빗자루 하나씩을 안겨 주었다.

삼인방이 이해를 못하고 어리둥절한 모습이었다.

"네가 싼 똥은 네가 치우라고."

"무슨 말씀이신지. 설명을…… 해주십시오."

어차피 지금 이 건물의 구조를 건드릴 수는 없었다.

건축으로 해결하면 제일 좋은 결과겠지만 몇 가지 난관이 있었다.

첫째, 이 건물은 무너져야 한다.

왜냐고? 그래야 다음의 피해자가 생기지 않는다.

'부실공사를 한 사람들도 모두 처벌이 가능하겠지.'

놔두면 집이 무너질 것을 알면서도 설마라는 생각으로 계속 장사를 할 사람들이었다. 그런 일이 발생하기 전에 교도소에 처넣어버리는 것이 옳다.

다른 이유로는, 내가 이 건물을 수리할 어떤 이유도 찾지 못했다. 나라면 차라리 무너뜨리고 새로 짓겠다.

결국은 우리가 있을 때, 무너지지만 않으면 된다는 것이다.

삼인방에게 말했다.

"쓸어."

"네?"

"너희의 할 일은 내일 아침 우리가 모두 떠날 때까지."

"네, 말씀하십시오."

"이 건물 옥상의 눈을 쓸어라."

"네?"

삼인방의 눈이 동그래졌다.

"눈만 안 쌓이면 안 무너진다. 알지?"

물론 이것으로도 못 미더워서 기둥을 보강하겠지만, 일단 지금의 최선은 눈이 쌓이지 못하게 하는 것이었다.

"선배님, 그러면 저희들 얼어 죽습니다."

눈을 부라리며 으르렁거렸다.

"그럼 나한테 맞아 죽을래? 엉?"

'지금 어디서 어리광을 부리는 거야. 아예 박살 내버리고 싶은 걸 참고 있구만.'

머뭇거리는 놈들에게 버럭 고함을 질렀다.

"썩 안 나가?"

'건축으로 해결이 안 되면, 건축 외적으로 해결하는 수밖에.'

경호가 헐레벌떡 뛰어 들어왔다.

얼굴에는 웃음이 한가득 걸려 있었다.

"선배님, 여대생들이 놀러온 것 같습니다. 다섯 명이나 됩니다."

"그래?"

내 반응이 시큰둥하다고 생각했던지, 녀석이 다시 말했다.

"선배님, 여대생이라고요."

세상에 널린 게 여대생인데, 뭘 저렇게 설레발치는 것일까?

"그렇게 좋으냐?"

지금 내가 있는 곳은 공대, 그것도 여성의 비율이 극악한 건축과다.

하긴 나도 저 나이 때는 여자라면 좋아 죽지 않았던가? 그 시절 나에 비하면 경호는 양반이다.

"좀 까칠해 보이긴 했지만 예뻤습니다."

"경호야. 내가 학생회장 왜 팼는지 아냐?"

녀석이 고개를 끄덕였다.

"밖에서 다 들었습니다. 위험한 상황을 스스로 자초하고, 그 위험을 말하니 듣지 않아서 그런 것 아닙니까?"

"애들한테는 이야기 안 했지?"

"네, 알면 괜히 혼란스러워질 것 같아서요."

"잘했다."

일단 눈만 쌓이지 않으면 위험하지 않은 것은 사실이다.

하지만 그 사실을 사람들이 알게 되는 순간, 통제가 어려워질 것이다. 분명히 불안한 마음에 단독 행동을 하는 자가 나온다.

"괜한 말로 사고를 만들 필요는 없지."

"네, 선배님 말씀이 맞습니다."

"일단 내가 말해도 된다고 할 때까지는 함구해라."

"네."

"문제는 여대생들이 있는 펜션도 위험하기는 마찬가지란 거다. 어떻게 하면 좋겠냐?"

"글쎄요."

"초대하면 올 것 같냐?"

녀석의 얼굴에 웃음이 보인다.

"그렇게만 된다면야 좋겠지만."

"그럴 리가 없겠지?"

내 말에 경호의 얼굴이 급격히 어두워졌다.

여대생들이 사내들만 득실거리는 곳에 올 이유가 뭐가 있을까?

'그럴 리가 없지.'

조촐하게 다섯 명만 왔다는 건, 조용한 곳에서 쉬고 싶어서 왔다는 말이나 마찬가지였다.

'남자들을 만나고 싶었으면, 도시의 술집이나 나이트클럽으로 갔겠지.'

가만히 앉아서 생각한다고 이뤄지는 것은 아무것도 없었다.

자리에서 일어났다.

"어디 가십니까? 선배님?"

"일단 가보자. 사정을 설명해 봐야겠지. 내버려 둘 수는 없지 않냐?"

"네, 그렇죠. 미인이 다치면 안 되죠."

밖으로 나오니 후배들이 모여서 마당을 쓸고 있었다. 언제 만들었는지 눈삽까지 들고서 말이다.

한 녀석에게 물었다.

"지금 너희들 뭐하는 거냐?"

"옆 펜션의 여대생들이 미끄러지면 곤란하지 않겠습니까?"

"쯧쯧. 시키지도 않은 짓을."

결과적으로 좋은 일이니, 별로 뭐라고 하고 싶은 마음은 없었다.

다만 마음에 걸리는 것이 이것이었다.

'이 눈, 하루 종일 계속 퍼부을 텐데.'

내일 아침까지 체력이 남아 있기를 빌 뿐이었다.

순간적으로 '이 녀석들을 앞세우고, 도로의 눈을 치우면 지금이라도 내려갈 수 있지 않을까?' 하는 생각이 들 정도로 넓은 마당이 깔끔하게 치워져 있었다.

'이런 열정이라면 10㎞ 정도는 우습게 치우겠는걸. 녀석들.'

경호가 머쓱하게 뒤통수를 긁으며 말했다.

"사실 아까 저랑 몇 명이 같이 갔었습니다. 그 녀석들이 소문냈나 봅니다."

곧 눈은 다시 쌓이겠지만 후배들의 정성이 느껴지는 광경이었다.

'선배들이 미끄러질까 봐 그랬다고 해봐라. 얼마나 귀여움

을 받겠냐? 이것들아.'

피식 웃음이 나왔다.

한석이라면 '선배님은 여자가 아니잖습까?' 하며 대거리를 했겠지.

"레드카펫이라도 깔아두지 그랬냐?"

경호도 기분이 들떴었던 모양이다.

'그럴 걸 그랬나요?' 하며 너스레를 떨었다.

치워진 눈 속에 반짝거리는 것이 보였다.

"저거 뭐냐?"

급하게 치우느라, 보지 못한 모양이었다.

주워 들어보니 아기자기한 모양의 펜던트였다.

"어린애들이 가지고 놀다가 흘렸나 봐요."

"그렇겠지."

처음에는 '여대생들이 가져온 것이 아닐까?' 하는 생각을 했지만, 전혀 젊은 여자들이 좋아할 만한 디자인이 아니었다.

"그것도 굉장히 오래된 것 같은데요."

"그러네. 일단 주워놓자. 여기 놔두면 녹만 슬 테니까."

"그냥 버리시지. 그런 걸 뭐하러."

"그래도……."

경호는 귀신이 붙는다는 둥 재수 없는 소리를 했지만, 어린애들이 차는 펜던트를 보면 그냥 지나칠 수가 없었다.

항상 뇌리를 지배하는 한 사람이 있기 때문이다.

이제는 볼 수 없는 내 딸.

'나도 예진이에게 이런 펜던트라도 선물했었더라면 좋았을 텐데. 그럼 날 좀 더 기억해 주지 않았을까?'

경호의 버리라는 만류에도 주머니에 집어넣었다.

혹시라도 찾는 사람이 있다면 돌려줄 생각이었다.

"누군가에겐 소중한 물건이지 않겠냐?"

"아까도 왔더니, 왜 또 온 건가요?"

그녀는 불편한 기색을 내보였다.

눈이 많이 쌓이면 집이 무너질 수도 있다고 설명했다.

"그래서 자칫하면 사람이 죽을 수도 있어요."

"당신의 말을 어떻게 증명할 건데요?"

여자들만 있는 곳에 남자들이 왔으니, 경계하는 것은 당연했다.

"확인시켜 드리겠습니다."

"어떻게요?"

"들어가서 직접 눈으로 확인시켜 드리죠."

"알았어요. 당신만 들어와요."

안으로 들어가며 상하부의 구조를 살폈다.

'역시 한 교수가 있던 곳과 같아.'

"기둥 간의 간격이 너무 넓다고 생각되지 않으세요?"

"전 넓어서 좋기만 하거든요. 증명할 자신이 없으면 그냥 나가세요. 수작 부리지 말고."

'나한테 무슨 감정 있나? 왜 이렇게 팅팅거리지?'

위를 올려다보니 대들보가 보였다.

"흠……. 좀 불안하긴 하지만."

풀쩍 뛰어서 상부의 대들보에 매달렸다.

끼익. 끼익.

펜션이 비명을 질러댔다.

'이거 심각하네. 눈 쌓이면 버티지를 못하겠어. 잘 설득해서 데리고 나가야겠네.'

"뭐하시는 거예요? 지금?"

갑작스런 내 행동에 그녀의 목소리에 날이 섰다.

쿵.

내려오는 소리가 바닥에 울려 퍼졌다.

"보셨죠. 껍데기만 예쁘지. 전반적으로 건물이 불안해요."

심상찮은 소리에 안에 있던 여자들이 나왔다.

"미현아, 이거 무슨 소리……. 어머."

거실의 낯선 남자를 보고 흠칫 놀란 모습이었다.

미현이 말했다.

"현주야, 펜션이 무너진다는 말도 안 되는 소리를 하네.

그래서 보러 들어오라고 했어."

"그래? 관리인 아저씨구나. 어젯밤에 자는데, 바람 너무 세게 불더라고요. 보일러 좀 강하게 틀어주세요."

"그게 아니라, 건물이 불안하대. 무너진다는데? 참나. 우리 아빠가 건설 회사 하거든요!"

그리고는 어이없다는 듯 혀를 차며 말을 이었다.

"그러게. 내가 이런 촌구석에 오지 말자고 했잖아. 그냥 호텔에 가자니까. 고집을 세워서는."

"조용한 데 가자고 해서 그런 거잖아. 미현이 너도 찬성했잖니."

현주에게 말했다.

미현이라는 여자는 말귀가 막혀서 이해를 시킬 수가 없어 보였다.

"말씀 도중에 죄송한데. 저기 건물 보이시죠."

우리가 머무는 큰 동을 가리켰다.

"네, 그런데요?"

"그 위에서 눈 쓸고 있는 친구들 있죠."

"추우실 텐데, 왜 저러고 계신 건가요?"

"눈 쌓이면 어떻게 될지 모르니까. 미리 쓸어내리는 거예요. 지금은 눈이 쌓여서 움직일 수도 없으니, 바람 막을 곳은 있어야죠."

"눈이 쌓인다고 집이 무너져요?"

아까 미현에게 한 설명을 간략하게 해줬다.

"네, 아주 큰 사고로 이어지죠. 순식간에 집이 사람을 덮치는 거니까요. 피할 시간도 없어요."

"그럼 난리가 나야 할 텐데, 그런 것치고는 사람들이 너무 즐거운 것 같은데요?"

시비를 거는 듯한 미현의 말에는 '당신 말이 사실이라면 저런 모습을 보이겠느냐'는 비웃음이 담겨 있었다.

그런 오해를 하기에 충분했다. 펜션이 무너진다는데, 우리 아이들은 여자를 만난다는 기쁨에 얼굴에 웃음이 걸려 있었으니까.

한숨을 내쉬며 말했다.

"휴. 우리 애들한테는 말 안 했어요. 혼란에 빠질 수도 있으니까. 눈만 안 쌓이면 큰 문제는 아니거든요. 댁들한테 사실대로 이야기하는 건, 사실을 말하고 협조를 부탁하는 의미예요."

현주가 물었다.

"어떤 협조를 말하는 건가요?"

"제일 좋은 건, 우리가 있는 건물로 옮기는 거예요."

미현이 빈정대며 말했다.

"그럴 줄 알았어. 그냥 꼬시러 왔다고 해요. 무슨 거짓말을 그렇게 거창하게 하세요."

좋게 설득하긴 글렀다. 저렇게 날을 세우고 있으니.

"쩝. 전혀 그런 마음 없고요. 정히 불편하시면, 저희가 지붕이라도 쓸게 해주세요. 불편하지 않게 조심할게요."

"그러게 내가 호텔로 가자고 했잖아. 이게 뭐니. 이런 떨거지나 달라붙고."

"얘. 미현아. 무슨 말을 그렇게 해? 걱정돼서 와 주신 분한테."

미현의 차가운 눈초리가 나를 찔렀다.

"걱정은 무슨. 참나. 멀쩡한 건물 무너진다는 소리나 하고 있는데. 요즘은 그런 식으로 여자를 꼬시면 넘어온대요?"

톡 쏘는 그녀의 말에 눈썹이 꿈틀거렸다.

하지만 여기서 물러날 수는 없는 노릇이었다.

"그런 불순한 마음 없다고 말씀드렸고, 다른 분들의 의견도 물어보는 게 좋을 것 같은데요."

"물어보나 마나죠. 당신 의도가 뻔히 보이는데."

"아가씨, 당신도 그렇게 생각하세요?"

"아뇨. 저야……."

미현이 쌍심지를 켰다.

"대답 잘해. 우리가 여기 남자나 만나러 왔니? 너 때문에 온 거잖아."

"얘. 미현아. 꼭 그렇게 생각할 게 아니잖아. 위험할 수도 있다잖아."

"현주. 넌 그런 거짓말을 믿니? 일부러 접근한 건지 어떻게 알아."

현주가 그녀에게 화를 냈다.

"접근하려면 기회는 많았어. 꼭 이런 곳에 와야 하는 거니? 그리고 얼굴도 모르는 사람이야. 너무 무례하다고 생각하지 않아?"

'일부러 접근은 무슨! 연예인이라도 되는 거냐?'

어이가 없어서 그녀의 말을 끊었다.

"당신에게 뭔가를 해달라는 게 아니에요. 그저 무너지면 사람이 다치니까 걱정이 돼서 당신네 지붕을 쓸어주겠다는 거예요."

"누가 당신한테 걱정해 달랬어요?"

"미현아. 너 왜 그러니. 왜 그렇게 예민해?"

현주가 그녀를 방으로 밀어 넣어버렸다.

"죄송해요. 애가 좀 안 좋은 일이 있어서 좀 예민하네요. 미안해요."

현주는 좀 더 이성적인 것 같았다.

"현주 씨, 그럼 이 펜션 지붕을 쓸어도 될까요? 아, 물론 실례가 되는 행동은 절대로 하지 않겠습니다."

그녀가 무안한 듯 웃으며 말했다.

"네, 부탁드릴게요. 저희 때문에 고생을 하게 해서 죄송해요."

그녀의 말은 맞았다.

애초에 안 왔다면 내가 고생할 일도 없었으니까.

'에휴, 이게 뭐냐. 턱없는 오해나 받고.'

"아니에요. 그래도 이해해 주셔서 고마워요."

신발을 신고 나오면서 말했다.

"별다른 일이 없다면 내일 아침에 우리가 떠날 때, 같이 가시는 게 어떨까 싶어요. 자칫 잘못하면 통신도 끊기고, 고립될 수가 있거든요."

"그건……."

"당장 결정하라는 말은 아니에요. 생각해 보시라는 말이지."

현주에게 학생증을 보여주며 말했다.

"그리고 저, 관리인 아닙니다."

그녀가 민망한 미소를 지으며 인사를 했다.

"죄송해요. 오해를 했어요."

사실 사람을 구하는 것은 어렵지 않았다.

후배들을 모아놓고 물었다.

"이 펜션 지붕도 쓸어야 한다. 지원자는 손……."

내 말이 채 끝나기도 전에 거의 대부분이 손을 들었다.

"제가 하겠습니다. 선배님."

"아뇨. 제가. 으푸! 죽고 싶냐?"

녀석들의 지원을 다 받아서 눈을 쓸다가는 눈이 쌓이기도 전에 집이 무너지게 생겼다.

"그만. 주목!"

고개를 옆으로 돌려보니 경호 녀석도 손을 들고 있었다.

'훗. 상남잘세.'

"경호. 네가 지원자를 골라 봐라."

후배들의 시선이 모두 경호를 향했다.

'나 안 뽑으면 죽인다!'

이글거리는 눈빛에 몸이 타버릴 것 같은 기분이었다.

경호가 하나를 뽑았다.

뽑히지 못한 자의 아쉬움과 뽑히고 싶은 자의 야유가 터져 나왔다.

"저 자식도 됐는데, 나 안 되면 알지? 한판 하자는 소리를 알아듣겠어."

"과대. 공평하게 하자. 공평하게. 엉?"

'이런 문둥이 같은 것들. 콱!'

왜 아무런 이득도 없는 일에 저렇게 매달리는 것인지. 아무리 여자에 목말라도 그렇지.

'하긴! 나부터도 호구 짓 하는 거지만.'

이 상황을 보고 있자니 어이가 없었다.

"그만. 그만. 경호야. 미안하다. 없던 일로 하자."

그리고 후배들을 향해 말했다.

"눈을 쓸 사람은 세 명이다."

내 말에 모든 이의 신경이 집중되었다.

이번에 누가 되든 승복하지 않을 눈치였다.

'굳이 하고 싶다는데, 말릴 이유는 없지. 내가 할 것도 아닌데. 싸가지 없는 게 뭐가 예뻐서.'

"순서 정해라. 그 순서대로 과대가 진행한다. 불만 있는 놈 나와."

이미 녀석들은 내 말은 들은 체 만 체, 가위바위보를 하고 있었다.

'개고생인데, 그걸 좋다고. 쯧쯧.'

선배니까 솔선수범해야 되지 않느냐고?

내가 왜?

그 여자 때문에 고생을 한다는 말인가?

하고 싶다는 녀석들 천지삐까리로 널렸는데.

순서가 정해지고 녀석들이 빗자루를 들고 지붕으로 기어 올라갔다.

"얘들아. 조심해라. 미끄러지면 크게 다친다."

"걱정 마십시오. 성훈 선배님. 광이 반짝반짝 나게 쓸어버리겠습니다."

"그리고. 미리 경고하는데, 그 여자들한테 찝쩍거리다가 걸리면 내 손에 죽을 줄 알아. 엉!"

"네, 걱정 마십시오. 제가 과대 아닙니까? 잘 감시하고 있겠습니다."

어떻게든 그 펜션에 붙어 있을 핑계를 만들어내는 경호를 보며 웃음이 픽 나왔다.

'젊음. 그만한 가치가 또 있을까?'

그런 싸가지 없는 여자 하나 다치거나 죽거나 무슨 상관이겠냐만, 적어도 나는 그렇게 생각할 수 없었다.

'두 번째 삶을 얻은 자의 부질없는 오지랖일까?'

영웅이 될 생각은 추호도 없었지만, 적어도 내 손에 닿는 것이라면 구해보고 싶었다.

그리고 그게 건축에 관계된 거라면 더더욱!

'내 눈 앞에서 건물이 사람을 해치는 걸 지켜볼 수는 없잖아. 안 그래! 김성훈?'

45장
MT(3)

돌아 나오는 길은 어느새 눈이 깨끗하게 치워져 있었다.

'훗, 우리 아이들 호구라고 해도 좋다. 아직은 순수하잖아. 보기만 좋구만.'

저 녀석들이 나중에 커서 나라의 기둥이 되는 것이다. 누군가 올바로 이끌어줄 사람만 있다면 말이다.

'훗. 내 또래의 녀석들만 있으니, 인솔해야 한다는 책임감을 느끼는 건가?'

지금의 나는 선배가 아닌, 어른의 시선으로 상황을 바라보고 있었다.

뒤돌아서서 아이들이 지붕에서 눈 쓰는 모습을 바라보았다.

'지붕이 경사가 거의 없으니, 주의만 한다면 다치지는 않겠네.'

그런 만큼 눈의 쌓이는 것을 더 주의해야 한다. 미끄러지지 않고 그대로 쌓여 버릴 테니까.

"민수야, 좀 어떠시냐?"

한 교수와 민수도 짐을 챙겨서 큰 동으로 이동해 있었다. 위험한 곳에 있을 이유가 없었으니까.

민수는 한 교수 옆에서 책을 읽고 있었다.

"이제 좀 나아지신 것 같은데, 아직은."

"쩝."

아까는 토하고 난리를 치더니, 이제는 잠들어 있었다. 그래도 아직은 얼굴이 파리한 것이 정상으로 보이지 않았다.

"내일까지는 일어나셔야 될 텐데 말이야."

"그때까지는 회복될 거예요. 아까 해장국 먹고 잠드셨어요."

민수가 책을 덮고는 걱정스러운 표정을 지었다.

"형, 회장 쟤네들 가만히 있지는 않을 텐데요."

그런 민수를 보며 피식 웃었다.

"너 내가 수업들을 때, 녹음하는 거 알지?"

내 가슴 포켓에 달린 볼펜을 가리켰다.

"설마 녹음하셨어요?"

"응. 이 건으로 시비 걸고 덤비면 바로 아웃이야. 이미 총장님하고도 얘기 끝났어."

"그렇다면 다행이구요. 그런데 어쩐 일로 오셨어요. 아까 엄청 바쁘신 것 같던데."

아까 펜션에서의 이야기를 해줬다.

"그 일 다 끝났어. 다른 일만 없으면, 내일까지는 별일 없을 거야."

"싸가지 없는 여자애들인데, 그렇게까지 신경 써야 해요?"

"그럼 그냥 내버려 둘까? 집에 깔려서 죽든지 말든지?"

민수가 씁쓰름한 미소를 지었다.

"그런 건 아니지만. 그 애들 행동이 지나치잖아요. 걱정돼서 간 사람한테."

세상에는 고마운 거 모르는 사람 천지다.

길가의 돌멩이를 발로 치워주는 사람이 있기에, 어린아이들이 넘어지지 않고 뛰어다닐 수 있는 것이다.

그것을 선행이라고 사람들은 생각하지 않는다.

그냥 작은 배려일 뿐이다. 넘어지지 않은 어린아이에게 대가를 요구하지는 않지 않던가.

"넌 신경 쓰지 마. 내가 걔들한테 뭘 바라는 것도 아니고. 우리 애들도 좋아서 하는 거지. 뭘 바라고 하는 거겠냐?"

"마냥 맘 편하지는 않네요. 해주고도 좋은 소리 못 들을 것 같아서."

"나 맘 편하자고 하는 거야. 내가 뻔히 알고 있었는데, 내

일 아니라고, 이득이 안 된다고 모른 척하라는 건 말이 안
되지."

"그래요. 형이 잘 알아서 하시겠죠."

"여기 있으면 뭐하냐. 우리도 나가서 어울리자."

다시 책을 집어 드는 민수를 밖으로 끌고 나갔다.

"형. 저 안 심심한데요."

"내가 단지 심심해서 이러는 거 같냐?"

"그럼요?"

"학생회장 같은 저런 놈들이 판치는 건 선배들이 제 역할
을 하지 않아서 그런 거야."

"그런 억지가."

"단지 취직하려고 이 학교에 온 건 아니잖냐? 적어도 우
리 후배라면 건축에 대해서 좀 다른 생각을 가져야 하지 않
겠어."

"그럼 가르치면 되죠."

민수가 뚱한 얼굴로 대답했다.

"그냥 두면 애들이 따라오냐? 친해져야 말발도 먹히는 거
지. 얼른 나와."

목표하는 바를 이루려면 능력도 중요하지만 그 뒤를 받쳐
주는 배경도 든든해야 한다.

끝까지 나를 믿고 따라주는 사람은 함께 추억을 만들었던
자들이 될 것이다.

'지금까지의 나는 능력만 키우려 들었지. 과연 내가 학교에서의 활동이 있었다면, 그 애송이들이 나를 그렇게 무시했을까?'

여태껏 등한시했던 내 학교에서의 인맥을 나는 지금부터라도 만들기로 마음먹었다.

눈 벽돌을 허리 높이로 쌓아 양쪽으로 눈담길을 만들어 놓은 것이 보였다.

"나름 신경 써서 장식했네."

"녀석들. 고생 좀 했겠는데요."

어린 녀석들이 하는 짓이 재밌지 않은가?

고작해야 스물한두 살일 텐데.

후배들의 작품에 흐뭇한 웃음을 짓고 있었다.

퍽.

눈덩이가 날아와 내 얼굴에 맞았다.

'이 녀석들이.'

휙 돌아보니 1학년 녀석들이었다.

나를 보며 손을 흔들고 있었다.

"성훈 선배님, 눈싸움하시죠?"

이제 갓 스물이 되었을까?

지난 삶의 나이로 치면, 조카뻘인 녀석들이 내게 친해지고 싶다는 사인을 보내고 있었다.

'내 나이에 네 녀석들과 이렇게 유치하게 놀아야겠냐?'라는 생각과 동시에, '못 그럴 건 또 뭐냐?' 싶었다.

녀석들이 보기에는 난 겨우 군대를 다녀온 몇 살 많은 예비역에 불과했다.

퍽.

이번에는 민수의 점퍼에 눈덩이가 맞았다.

2학년들이 손을 흔들고 있었다.

"성훈 선배님, 이리 오시죠. 야. 민수 선배 공격."

"풋."

나와 민수가 동시에 웃음을 터뜨렸다.

녀석과 하이파이브를 하고는 양편으로 갈라졌다.

"민수야, 건투를 빈다."

날아오는 눈덩이에 기분이 나빴냐고?

전혀!

놀아달라는 강아지를 보며, 기분 나쁠 어른이 있을까? 있다면 그만큼 삶의 여유가 없다는 것이고, 성정이 강퍅하다는 말이겠지.

"까짓것, 한판 놀아주지 뭐."

다시 날아오는 눈덩이를 전방 앞구르기로 피하며, 구르는 동시에 눈덩이를 뭉쳐 들었다.

일어서면서 나를 겨냥했던 과대 녀석의 머리통을 정확히 맞혔다.

"크윽!"

허리에 손을 올리고 말했다.

"나랑 붙으려면, 몇 년 더 수련을 하고 와라. 이 녀석아."

지난 삶의 나였다면 이런 행동은 죽어도 못했을 것이다.

지난 삶에서 마흔이 넘었던 나는 허리가 아주 좋지 않았다. 무리하게 가구를 들다가 삐끗한 허리가 계속 고통을 주었기 때문에 세면대에서 세수를 할 때마다 고통을 느꼈다.

'수술을 하면 되지 않느냐고?'

나아졌다는 사람도 있었지만, 그 후유증 때문에 더 고생한다는 사람도 있었다.

'그냥 좀 뻐근한 게 낫지.'

그때도 젊었던 내게 불확실한 무리수를 둘 필요는 없었다.

하지만 지금은 젊어진 것도 있지만, 체육관에서의 반복 수련으로 내 두 생을 통틀어 최고조의 컨디션이었다.

감히 군대도 안 다녀온, 여물지 않은 녀석들이 덤빌 수 있는 몸이 아닌 것이다.

하지만 겁이 없으니, 젊음이 아니던가?

1학년 과대가 소리쳤다.

"선배님, 우리는 쪽수가 많습니다. 애들아. 공격!"

유치한 눈싸움이지만 질 수야 있는가?

선배 체면이 있지.

응당 승부를 걸어왔다면, 무조건 이겨야 한다.

반대편을 돌아보니, 2학년들이 손짓하고 있었다.

"선배님, 이쪽으로 오십시오."

날아오는 눈덩이들을 등으로 막으며, 그쪽 담벼락을 향했다.

이런 싸움에 승패가 무슨 상관이 있으랴만, 선배가 후배에게 져서야 체면이 서지 않는다.

이 무슨 유치한 발상인가 하는 생각이 들면서도, 그저 즐거울 뿐이었다.

하지만 눈싸움에 로우킥, 하이킥은 아무런 도움이 되지 않았다. 그저 눈 범벅이 되어, 눈 뭉치를 던지는 것뿐이었다.

한 녀석에게 물었다.

"이거 어떻게 승부를 보기로 했냐?"

"무슨 말씀이십니까? 저희는 그런 거 없는데요."

"에이, 헛힘만 뺐네."

벌떡 일어나서 외쳤다.

"잠시 휴전!"

맞은편 담벼락에서 민수가 일어났다.

"왜요? 형!"

"종목 바꾸자. 이러다가 끝이 안 나겠다."

"뭐로 하시게요?"

내 앞의 녀석들에게 물었다.

"족구 어때?"

적어도 족구라면, 킥을 써먹을 수 있을 거라는 얄팍한 생각 때문이었다.

2학년들이 고개를 끄덕였다.

"민수야, 족구! 진 팀이 내려갈 때, 짐 들고 가기. 어때?"

혼자 하는 경기가 아니니, 민수도 잠시 이야기를 나누더니 답했다.

"네, 콜. 약속 지키십시오."

우리가 네트를 만들고 있을 무렵, 여자들이 있는 펜션 쪽에 눈 쓸던 아이들이 보이지 않았다.

'무슨 일이 있는 건가?'

걱정스러운 마음에 그곳으로 향했다.

펜션 뒤쪽에서 아까 봤던 현주와 경호와 눈 쓸던 아이들이 모닥불에 뭔가를 굽고 있었다.

"경호야. 눈 안 치우고 뭐 하냐?"

쭈그리고 앉아 있던 녀석들이 놀랐는지, 벌떡 일어섰다.

경호가 긴장한 모습으로 말했다.

"선배님, 잠시 누님이 쉬었다가 하라고 해서."

같이 있던 현주가 일어서며 말했다.

"추운 데서 애들이 고생하는 것 같아서, 제가 구워 먹자고 했어요. 너무 힘들어 보여서."

"괜찮아요. 눈은 많이 치웠으니까. 아까 그분은 오해를 하신 모양이지만, 진짜로 위험해서 그런 거예요."

"네, 알아요. 안 그러면 이런 고생을 할 리가 없잖아요."

"이해해 줘서 고마워요."

그녀가 미안한 얼굴로 말했다.

"아까 미현이가 말이 심했어요. 죄송해요. 원래 그런 애가 아닌데, 좀 민감해진 것 같아요."

"괜찮습니다. 신경 쓰지 마세요. 무슨 사정이 있었겠죠."

'말 안 통하면 다른 사람이랑 하면 되지. 그 사람을 꼭 설득해야 할 이유도 없잖아.'

말이 안 통하는 여자 따위 궁금하지도 않았다.

현주가 물었다.

"아까 제안했던 게 그쪽 동으로 옮기는 거였죠?"

"네, 이 펜션도 눈을 계속 쓸어내리면 위험하지 않겠지만, 밤새도록 눈을 쓸 수는 없잖아요. 따로 방 드릴 테니까, 안전은 염려하지 마세요."

"고마워요. 미현이, 잘 설득해 볼게요."

"그래 주면 고맙죠. 애들도 고생할 필요 없고."

돌아서려는 현주에게 물었다.

"왜 갑자기 생각을 바꾼 거예요?"

"아까는 너무 뜬금없어서 놀랐었어요."

"그렇죠. 집이 무너진다는 게 보통 일은 아니죠."

그녀가 고개를 끄덕이며 말을 이었다.

"이 친구들이랑 얘기해 보니까, 여기 있는 아이들, 모두 순박하고 좋은 친구들 같더라고요."

그녀의 솔직한 평에 피식 웃음이 나왔다.

"뭐. 딱히 나쁜 놈들은 없지만, 설령 있다고 하더라도 아무 일 생기지 않도록 조치해 놓을게요."

"네, 하지만 금방 설득하기는 어려울 거예요."

현주를 들여보내며 말했다.

"결정되면 경호한테 이야기해 주세요. 짐 옮길 애들 보낼 테니까."

돌아 나오며 경호에게 말했다.

"고생했다. 조금만 참아라."

"뭘요. 제가 좋아서 하는 건데요."

경호를 바라보며, 피식 웃었다.

"쟤네들 별로 예쁘지도 않던데? 왜 난리들이냐?"

녀석의 눈이 동그래졌다.

"네? 무슨 말도 안 되는 말씀을 하십니까? 저 정도면 엄청난 미인들이죠?"

"그래? 내가 보기엔 그저 그런데."

여성을 보는데 있어서, 굳이 미추를 따지는 것은 아니지만, 지난 삶에서 수많은 접대를 하면서 많은 여자를 만났었다.

예쁘다는 것만을 기준으로 본다면, 그때 만났던 텐프로 아가씨들보다 예쁠까? 어림도 없지.

경호의 생각에 동참하는지, 다른 녀석들도 내게 눈을 동그랗게 뜨고 부라렸다.

'이 녀석들. 소피아 보면 기절하겠는데.'

녀석들에게 말했다.

"족구할 녀석은 교대하고 내려와라. 학년 대항이다. 지는 학년이 짐 들고 내려가기."

네트 앞에서 민수와 악수를 나눴다.

"설마! 선발로 나온 겁니까?"

"응. 왜? 안 되냐?"

"그 노구로 쉽지 않으실 텐데."

'네가 애들 패는 걸 못 봐서 그렇지. 아직 힘이 넘치거든.'

싸움 좀 한다는 게 자랑거리도 아니고, 말하기도 부끄러웠다.

민수가 말했다.

"어쨌거나 큰 보상이 걸려 있는 승부입니다. 페어플레이를 기대합니다. 형."

의외로 민수의 얼굴에는 자신감이 가득했다.

수줍어하는 모습이 전혀 없었으니까.

뒤돌아서 후배들의 응원을 촉구하는 몸짓까지 취하는 여유를 보였다.

'뜻밖이네.'

"민수야. 자신 있나 보다?"

"제가 군대 있을 때, 한 족구 했거든요."

무한 자부심을 보이는 민수였다.

그런 민수 앞에서 스트레칭을 하며, 몸을 풀었다.

다리를 허공으로 쫙 찢으면서 말이다.

그런 나를 보며, 민수의 인상이 변했다.

"어? 형. 구기 종목 안 좋아하신다면서요."

"그랬지. 구기 종목을 별로 안 좋아해."

지난 삶의 나는, 아니, 지금의 나도 구기 종목을 그다지 좋아하지 않는다.

'야구나 축구를 무슨 맛으로 보는지 몰라.'

규칙을 뻔히 알면서도, 결과가 나오는 시간까지 기다리는 것을 잘 못했다.

물론 야구나 축구를 좋아하는 친구들은 나를 별종 취급했었다.

차라리 그런 것보다는 치고받으며 바로바로 결과를 보여

주는 격투기 계열을 즐겨 봤었다.

"형. 뛰는 거 싫어하신다고 하지 않으셨어요?"

"응. 땀나고 바로 못 씻으면 짜증 나거든."

"그런데 족구를 하신다고요?"

"응. 족구는 땀도 별로 안 나고, 그렇게 달리는 것도 아니거든."

그 말을 하며, 허공으로 하이킥을 날렸다.

신장 185, 체중 73.

지금 내 몸은 날아갈 것처럼 가볍다.

"형. 잘 생각해 보세요. 재밌자고 하는 게임에 형 같은 사람이 끼면 어떻게 해요."

"내가 왜? 나 선수 아니거든?"

"그래도."

"쉽지 않을 거래며, 나도 그렇게 생각해."

심판이 건네준 공을 받아 무릎차기를 통통 하며 대답했다.

"형. 운동 하시는 거 한 번도 못 봤는데."

"매일 체육관에서 토 나올 정도로 운동하는데, 너 같으면 밖에서 하고 싶겠어? 오늘은 운동도 못할 텐데. 잘됐네."

민수가 굳은 얼굴로 물었다.

"형. 대충할 생각 없죠?"

"당연하지. 보상이 얼마나 큰데, 내가 이 나이에 어린놈들한테 원망이나 들어야겠어?"

뒤로 제자리 공중제비를 돌면서 말했다.

"뭐해. 너희 부대에선 입으로 족구 했냐? 시작하자고."

"에잇, 젠장."

민수가 투덜대더니 뒤돌아서며 외쳤다.

"1학년, 전원 수비 모드! 대충을 모르는 선배니까. 최선을 다하도록!"

뻥. 뻥.

공이 날아다닌다.

"마이, 마이 볼."

민수가 내 공을 받아내고 있다.

"웃차!"

코트에서 5미터는 넘는 거리였다.

'저건 못 막아. 이겼다.'

나는 한쪽 손을 치켜들며 뒤돌아섰다.

'설마 그것마저 받아내겠어?'

후배 하나가 허공으로 손가락질을 했다.

"어, 어."

언제 넘어왔는지, 볼이 우리 코트를 데구루루 구르고 있었다.

힘이 있는 공도 아니었다. 1학년 후배가 툭 하니 넘기는 비실비실한 공이었다.

"어?"

이런 어이없는 상황이라니.

문제는 그런 어이없는 상황이 계속되었다는 거다.

'복장 터진다는 말은 이럴 때 하는 거야.'

공이 터지라고 내리찍었는데, 이런 결과가 나오다니.

남아일생에 포기라니 웬 말이더냐!

'정신일도 하사불성!'

하이에서 로우로 내려오며 킥을 내리찍었다.

뻥.

공이 땅에 언 눈을 튕겨내며 허공을 갈랐다.

"마이, 마이."

민수는 이미 공의 착지 예상 지점에 서 있었다.

"웃챠!"

헤딩으로 정확하게 코트 안으로 집어넣었다.

'너는 족구에서도 수비수였냐?'

수비 하나는 기가 막히게 하는 민수였다.

귀신에 홀린 녀석 같았다.

저 정도면 포기할 만한데도, 정말 귀신처럼 받아내고 있다. 정말 약 오를 정도로.

구장만큼의 거리를 튕겨 나갔는데도 신들린 발재간으로

코트 안에 공을 집어넣고 있었다.

어느새 합류한 경호가 한숨을 내쉰다.

"선배님, 벌써 듀스만 일곱 번째입니다. 도저히 승부가 안 나겠는데요."

내가 아무리 공격을 잘하면 뭐하나.

저놈이 다 받아내는데.

5승 3선승제로 시작한 경기가 30분이 지났는데도 끝날 기미가 보이지 않았다.

1세트 막바지.

15점에서 시작한 듀스가 지금 23:22로 치달리고 있다.

공격도 맘먹은 대로 들어가야 신명이 나는 법.

아쉽게도 승패의 판결봉은 민수가 쥐고 있었다.

민수가 실수하면 우리 승, 민수가 성공하면 우리 패.

"헉헉."

공을 쫓아다니느라, 숨이 목까지 찼어도, 녀석은 포기하지 않았다.

"민수 선배랑 선배님이 한 팀이었으면, 정말 끝내줬을 것 같습니다."

"내 말이!"

저렇게 수비하는 놈은 살다 살다 처음 봤다.

상황을 모르는 남들이 보면, 우리 공격이 어설퍼서 지금까지 온 줄 알 것 아닌가? 듀스만 일곱 번 왕복. 이건 뭐!

'여기서 이기는 놈이 영웅 되는 거지. 절대 포기 못해!'

"이건 순전히 우리가 못해서 그런 게 아니라, 저놈이 잘하는 거야."

경호가 고개를 끄덕였다.

"인정합니다."

결국 경호가 나섰다.

"1학년 과대. 이리 와봐."

3학년 두 명의 자존심 대결에 후배들만 죽어나게 생겼다.

경호가 말했다.

"선배님, 좀 쉬시죠. 규칙을 바꿨습니다."

"어떻게?"

"이번 판은 연습 게임으로 하기로 했습니다."

"뭐?"

기록에도 안 남는 연습 게임?

경호를 보며 눈을 부라렸다.

놈이 느끼는 내 눈빛은 딱 이랬을 것이다.

'죽고 싶냐? 이 고생을 하고, 무효라고!'

경호가 죽을상으로 말한다.

"어쩌라고요. 끝이 안 날 것 같은데요. 적당히 하자고요!"

"나 말고 저놈한테 가서 말해. 어떻게 연장자에 대한 예의를 모르냐?"

녀석이 어이없다는 웃음을 날렸다.

"민수 선배도 똑같은 소리 하실 걸요. 동생에 대한 배려가 없다고요."

민수 쪽을 보자 녀석도 지지 않겠다는 결의의 눈빛을 불태우고 있었다.

'망할 자식. 저 정도의 승부욕이 있을 줄이야.'

"지금 나 때문에 졌다는 소리를 니들한테 들어야겠냐?"

"선배님께서 그런 소리 하시면 저희는 뭐가 됩니까?"

경호가 뒤돌아서며 물었다.

"야! 여기서 제대로 공 차본 사람?"

"어떻게 차냐? 선배님이 그렇게 까대시는데. 난 그렇게 못 차."

한편, 1학년 과대가 물었다.

"여기서 공 제대로 받아본 사람?"

"미쳤냐? 소리 못 들었어? 난 공 찢어지는 줄 알았다. 야, 그거 잘못 받으면 코피 터져. 스핀이 어디로 먹는지 보이지도 않아."

"코피가 문제냐. 직방으로 받으면 발목 나가."

저마다의 해석을 내놓으며 말이 많았다.

"민수 선배, 포기하시는 게."

민수는 숨을 고르며 말했다.

"괜찮아. 내가 실수만 안 하면 돼."

1학년들의 얼굴이 파리해졌다.

'민수 선배야. 뒤에서 받는다지만 우리는 앞에서 공 찢어 지는 소리를 들어야 한다고요.'

"선배, 앞에 있으면 성훈 선배님 발 바람이 스쳐 지나가 요. 무서워 죽겠어요."

민수가 다독거리며 말했다.

"괜찮아. 그거 맞는다고 안 죽어."

경호가 말했다.

"원래 목적이 '친목 도모'였다고 알고 있습니다."

'그건 핑계지. 승부에 무슨 친목은…….'

"흥."

"하여간 지든 이기든, 짐 들고 내려가는 건 저희니까. 저 희가 결정하겠습니다."

"너 그 말 책임질 수 있냐? 지면 어떡할래?"

경호가 주변의 눈치를 슥 살폈다.

'야, 뭐라도 좋으니까. 성훈 선배님은 좀 빼자. 응?'

사방에서 경호에게 몰려오는 압박이 장난이 아니었다.

동기들의 간절한 염원이 전해져 왔다.

'야! 일단 이 상황은 벗어나야 될 거 아니냐?'

특히나 후방 수비를 보던 녀석은 심각한 표정이었다.

그렇게 공격을 퍼부어 댔는데, 지면 누구 책임이 될 것인가?

창이 강한 건 좋은데, 방패는 뚫릴 가망이 없으니, 모든 총대는 상대적으로 약한 방패가 메게 생겼다.

'에이, 될 대로 대라.'

녀석이 결국 압박감에 총대를 멨다.

"지면 선배님 맘대로 하십시오."

그 말에 성훈이 고개를 가로저었다.

"내가 니들을 맘대로 해서 뭐하겠냐?"

2학년들의 얼굴이 밝아졌다.

성훈이 말했다.

"지면 죽었다고 복창해라."

한편 민수네 팀에서는.

"성훈이 형, 엄청 냉정해 보이지."

"네, 맞아요."

"괜찮아. 승부가 걸리면 엄청 다혈질이거든."

"정말이에요?"

"그래, 일 년 동안 내가 겪어 봤으니까 알아."

"그럼 어떻게 해요. 민수 선배님."

"수비만 잘해. 나머지 애들은 고만고만하니까, 할 만할 거야."

"그래서 이길 수 있을까요?"

학년 간의 자존심이 걸린 싸움이었다.

"상황이 안 좋을 때, 성훈이 형이 내뿜는 포스가 장난이 아니거든. 2학년 애들은 죽었다고 복창해야 할걸."

때마침, 건너편에서 복창 소리가 들려왔다.

"지면 죽음이다. 지면 죽음이다."

민수가 씨익 웃었다.

"봤지? 우리는 수비만 잘해도 이겨. 큰 변수가 없는 한."

두 팀의 작전 시간이 끝났다.

난 자비와 배려가 참 좋은 사람이다.

자비와 배려. 참 좋은 말이다. 문제는 그 말을 하고 있는 성훈이 전혀 그런 이미지가 아니라는 것.

'이거. 어느 장단에 춤을 추라고.'

"좀 더 정확히 말하면, 자비와 배려를 베푸는 것을 좋아한다."

성훈의 일장연설이 시작되었다.

"자비와 배려란 승자가 베푸는 것이다. 패자는 그것들을 받아야 하지. 혹은 구걸하거나."

숨을 들이쉰 성훈이 말을 이었다.

"누차 말하지만, 난 베푸는 걸 좋아한다. 알아들었어?"

성훈의 지난 삶이 자비와 배려를 구걸하는 삶이었으니, 더더욱 그런 것일지도 몰랐다. 물론 그조차도 원한다고 받을 수 있는 것은 아니었지만.

"네, 선배님."

"자, 그럼 자비와 배려를 베풀 수 있는 자격을 얻어 와라."

이긴 자가 패자의 짐을 들어주는 것은 자비다. 그리고 배려다. 똑같은 일을 함에 있어서도, 그저 자기 짐을 드는 것뿐이지만, 타인이 느끼는 감정은 다르다.

"이겨라. 그리고 후배들이 짊어져야 할 짐들을 일부 나눠 들어라. 그게 선배의 덕목 아니겠냐? 지고 나서 힘든 것은 당연하지만, 힘들어 보여서 후배들에게 동정을 받는 것은 더 힘들다. 자존심 상하거든."

경호에게 물었다.

"후배에게 동정받는 선배가 되고 싶나?"

"아닙니다. 선배님."

"그럼. 어떤 선배가 되고 싶나?"

"후배들에게 자비와 배려를 베푸는 선배가 되고 싶습니다."

성훈이 고개를 끄덕였다.

"좋은 마음가짐이다. 그러자면 지면되겠냐? 안 되겠냐?"

"지면 안 됩니다."

당연한 말이었다. 한 살 더 먹은 자는 당연히 한 살 어린 자들보다 뛰어나야 한다.

그것이 선배로서의 기본적인 덕목이다. 그게 뭐가 되었든 간에 말이다. 최소한 그들보다 더 뛰어나기 위해 노력은 해야 한다.

"성훈 선배, 무서운 건 알았지만 게임 붙으니까 카리스마 작렬하는데."

"카리스마든 뭐든 난 두 번 다시 성훈 선배님이랑은 같은 편 안 해."

대다수 학생들이 고개를 끄덕였다. 격한 공감의 표현이었다.

"거기 비하면 민수 선배는 완전 짱이지 않냐?"

"응. 아까 봤지. 실수해도 등 두드려 주면서 잘했다고 하는 거."

아까 성훈을 불렀던 학우에게 원망이 쏟아졌다.

"청수, 너 왜. 성훈 선배 불렀어?"

억울한 표정으로 청수가 볼멘소리를 했다.

"봤잖냐. 그래도 공격력은 끝내 주잖아."

"공격력 아무리 좋으면 뭐하냐. 민수 선배한테 다 막히는데."

청수가 반박했다.

"뭔 소리야. 반 이상 뚫었는데, 니들이 수비 실패해서 그런 거잖아. 자식들아."

"사람이 실수도 할 수 있는 거지. 그런데 그 이야기 들었냐? 오전에 학회장 선배들 박살 났다던데."

그거랑 경기랑 무슨 상관이겠냐만, 젊은 아이들은 대화 주제의 전환이 빨랐다. 관심이 있는 곳에만 주의가 집중되는 것이다.

"들었지. 아까 오전에 건물 흔들린 거 총무 선배가 쥐 터지는 소리였대."

"그러게. 지금 찍소리 못하고 지붕 쓸고 있잖아."

"잘됐지 뭐. 어제 올 때, 버스에서 얼마나 잘난 척했냐. 안 그래? 아무리 선배라도 그건 못 봐주겠더라. 우리가 애도 아니고."

"하여간 성훈 선배한테 개기면 그 날로 죽음이야."

소문이 이상한 쪽으로 퍼졌다.

성훈이 애초에 원한 것은 결코 이런 반응이 아닐 텐데. 쯧쯧.

경호가 안도의 한숨을 내쉬었다.

"이겼으니 다행이지. 졌어봐. 진짜 죽음이야."

"이기면 뭐하냐? 자비와 배려라며. 후배들 짐까지 다 들게 생겼는데."

"지고 억지로 드는 것보다 낫잖냐? 그래도 선배라고 뽀대라도 세울 수 있지."

성훈이 말했었다.

'수고했다. 졌으면 본때를 보여주려고 했는데.'

2학년들의 안도의 한숨을 들으며 그가 말을 이었다.

'그리고 난 선배랍시고 후배들 갈구는 꼬라지 못 본다. 솔

선수범해서 후배들 짐까지 들어줘라. 선배가 후배들 안 챙기면 누가 챙기냐? 안 그러냐?'

'차마 그리는 못하겠습니다'라고 말할 사람은 아무도 없었다.

직접 사람을 패는 것은 보지 못했지만, 그들 눈앞에서 거드름 피우던 삼인방이 눈탱이가 밤탱이가 된 채로 아직도 지붕을 쓸고 있는 것을 봤으니 말이다.

경호가 말했다.

"하여간 앞으로 시합 팀 짤 때는 성훈 선배님이랑 민수 선배는 갈라놓지 마라. 오늘 같은 불상사를 만들고 싶지 않으면. 알았어?"

건축과에 불문율이 생겼다.

'성훈 선배와 민수 선배는 한 바구니에 넣어라.'

한편, 여자들이 있던 펜션에서는 난리가 났다.

"누님, 제가 가방 받아드리겠습니다."

미현이 소리쳤다.

"저리 꺼져. 이것들아. 됐거든."

"얘, 왜 그러니. 귀엽잖아."

"귀엽기는! 덩치는 산만 한 것들이. 저리 안 가? 징그러."

"역시 장미에는 가시가 있군요. 도도하십니다. 누님."

다른 부류의 학우들이 현주에게 몰렸다.

"누님, 절 이용하십시오."

"어머, 애. 그거 잘 들어야 돼. 깨질 수도 있어."

성질 급한 놈이 소리쳤다.

"누님들, 장기 자랑하겠습니다."

그 모습을 보던 성훈이 피식 웃었다.

'장기자랑은 무슨, 짝짓기 프로그램도 아니고.'

어쨌거나 내 소원대로 그녀들은 위험에서 벗어났다.

우리가 머무는 동의 지붕은 깨끗하게 쓸려 있었다. 내 눈 길에 잠시 쉬던 삼인방이 허겁지겁 빗자루를 챙겨 들었다.

"경호야, 쟤들 감시하는 사람 따로 붙여라. 게으름 피면 바로 보고해."

눈보라가 바람에 어지러이 춤춘다.

제멋대로 왔다갔다 정신마저 산만 하다.

'이제 눈은 그만 와야 될 텐데.'

차가운 산바람이 귓가를 스쳐 간다.

오늘 밤이 만만치 않을 것 같은 느낌이 든다.

현주의 가방을 들어주며 감사의 말을 건넸다.

"부담스러웠을 텐데, 이해해 줘서 고마워요."

"아니에요. 오히려 저희가 고맙죠. 당신과는 상관없는 일인데도 걱정해 줘서요."

그 말을 하면서 내 옆을 걸어가는데, 그녀의 옆모습에서 옅은 미소가 나타났다가 사라졌다.

오지랖이 넓다고 생각하지는 않았을까?

'내가 생각해도 이번 일은 오지랖이었으니까.'

지난 삶의 나였다면 모른 척하고 지나쳤을 것이다. 당연하지 않은가? 나와는 상관없는 사람들인데. 굳이 비난받을 각오까지 하면서 남 좋은 일을 할 내가 아니었다.

몇 마디 얘기를 나눠본 바, 현주라는 여자는 굉장히 여성스러운 사람이었다.

말투에서 살짝 단아함이 묻어나온다고나 할까?

아까 미현을 다룰 때에도 강압적이지 않았다.

오히려 언니가 동생을 달래는 분위기를 풍겼었다.

"그런데 여자들끼리 이런 곳에 놀러 오기는 쉽지 않았을 것 같은데요."

"음……. 가끔씩 일탈하고 싶을 때가 있잖아요. 지금이 그런 시기인가 봐요."

그녀들이 묵고 있는 펜션을 보며 말했다.

"그런 곳치고는 너무 위험한 곳을 골랐어요."

"모르고 왔으니까요. 별일 없었으면 좋겠는데."

그녀가 아쉬운 듯 뒤돌아보며 말을 이었다.

"예쁘잖아요."

파랑색의 작고 아담한 복층 건물.

예쁘긴 하네.

"그래요. 좀 더 튼튼하기만 했어도. 아쉽네요. 친구들끼리 여행을 망치게 돼서. 혹시 제 제안 때문에 의 상한 건 아니죠?"

걱정하는 내 말에 편안한 미소를 지었다.

"괜찮아요. 매번 만나면 다투고, 안 보면 보고 싶고 하는 그런 사이인 걸요."

"마음 상하는 일이 뭔지 모르겠지만, 잘 해결되었으면 좋겠네요."

"아뇨. 이제 아무렇지도 않아요. 얘들이 오버하는 거예요."

우리 대화에 경호가 끼어들었다.

"누님, 저희 저녁 먹고 장기 자랑하면서 놀 건데, 같이 오시죠?"

"경호야. 그건 다음에 하자. 쉬러 오셨단다."

그럼에도 경호는 간절한 눈빛을 쏘아 보냈다.

현주가 피식 웃었다.

"괜찮아요. 이제 아무렇지도 않아요. 이런 분위기에서 털어버리는 것도 괜찮죠. 우리가 언제 이런 애기들이랑 놀아 보겠어요."

경호에게 경고의 눈빛을 쏘아 보냈지만, 녀석은 내 눈을 피하며 도망가 버렸다.

"감사합니다. 누님."

'녀석!'

분위기를 내기 전에 내가 먼저 마이크를 잡았다.

"학우 여러분, 오늘 눈이 많이 옵니다."

"네, 그렇습니다. 분위기 좋습니다."

"그 분위기를 타서, 술 많이 마시면 나한테 죽습니다. 아시겠습니까?"

일단 공포 분위기를 조성해야 했다.

술이 들어가면 통제하기 어려운 녀석들이니까.

"선배님, 그래도 오늘 같은 날……."

마이크를 끄고 말했다.

그럼에도 내 목소리는 강당 끝까지 울려 퍼졌다.

"정신 못 차리고 술 많이 마셔서 혀가 꼬이거나, 혹은 여기 계신 숙녀분들께 무례한 행동을 하는 자식이 있다면, 그놈은 물론, 주변에 있는 녀석들에게까지 연대책임을 묻는다. 알겠나?"

후배들의 야유 어린 목소리가 울려 나왔다.

몇 녀석을 지적하며 말했다.

"너, 너, 너. 얼굴 기억했다. 특별히 지켜보겠어."

지적당한 녀석들이 황급히 얼굴을 숙였다.

"술 취해서 정신 나간 놈은 나랑 일대일로 면담하는 영광을 안겨 주겠다. 아마 죽을 때까지 오늘의 MT를 잊지 못할 거다."

좌중을 둘러보며 말을 이었다.

"자신 있는 놈은 마셔라. 알았어?"

"조심하겠습니다, 선배님."

"술 안 먹고도 충분히 재미있게 놀 수 있다는 걸, 여기 숙녀분들께 보여주는 거다. 알겠나?"

살짝 군대식 분위기가 나는 것은 좀 보기 좋지 않았지만 뭐 어떤가?

무슨 사고가 생길지 모르는 오늘 같은 날, 술에 취하는 것은 미친 짓이었다.

말을 마친 후, 2학년 과대 경호에게 마이크를 넘겼다.

경호가 눈치 빠르게 다시 한 번 강조했다.

"그런 고로 오늘 음주는 맥주 한 병으로 제한합니다. 불만이 있으신 분들은 직접 읍내로 나가시길 권합니다."

한 녀석이 소리쳤다.

"나가지 말라는 소리잖아. 당장 얼어 죽을 텐데."

경호가 피식 웃었다.

"알아들었으면 됐어. 그럼 MT 이틀째 밤을 시작합니다."

본격적인 장기자랑이 시작되었다.

심사위원으로는 여자 다섯 명이 앉아 있다.

공정한 심사를 위한 외부 인원이 필요하다면서 경호가 현주를 꼬드긴 결과였다.

사회를 맡은 경호가 말했다.

"본격적인 장기 자랑을 시작하기 전에 놀라운 소식 하나 알려드립니다. 심사위원을 맡으신 고현주 님께서는 이화여대에서 한국무용을 전공하셨습니다."

"와아!"

짐승 같은 남자들의 환호가 울려 나왔다.

경호가 분위기를 살린다.

'녀석. 잘하는데.'

"심사를 하시는 분들의 실력을 알아야 공정한 심사를 한다고 신뢰할 수 있지 않겠습니까?"

"와아! 맞습니다. 과대. 잘한다!"

녀석들이 엄지를 쌍수로 치켜 올리며, 경호의 분위기에 호응했다.

"그럼. 여러분의 성원의 힘입어, 용기를 내어 부탁드려 보겠습니다. 현주 누님, 부타케요."

이덕화 아저씨 흉내를 내며 손짓했다.

현주는 슬며시 웃으면서도 자리에서 일어나지 않았다.

'이런 분위기에 익숙한 모양이네.'

당황하거나 긴장하는 모습이 아니었다.

그녀는 남동생들과 같이 놀아주는 누나 같은 얼굴로 우리 아이들을 바라보고 있었다.

경호가 당황하자 오히려 나일론 박수를 치면서 경호를 유도했다.

"이런 죄송합니다. 박수가 없었군요. 박수!"

우레 같은 박수 소리가 터져 나왔다.

짝짝짝짝!

비록 한복은 입지는 않았지만, 그녀의 춤사위는 아름다웠다.

어깨에서 팔꿈치를 넘어 손가락 끝까지 이어지는 움직임이 눈을 뗄 수 없을 정도로 시선을 사로잡았다.

그녀가 눈을 반개하고 빙글빙글 턴을 돌 때는 그녀의 향기가 강당을 가득 채우는 것 같은 착각이 들 정도였으니 말이다.

숨 쉬는 소리도 들리지 않고, 고요했다.

'와!'

나 또한 입을 떡 벌리고, 그녀의 춤사위를 감상했다. 춤에 대해 아무 것도 모르는 나조차도 감히 감상평을 할 수 없을 정도로 완벽한 춤사위였다.

허공을 휘휘 돌던 그녀의 팔이 부드러운 곡선을 그리며, 허리께를 지나가 멈췄다. 그리고 그녀의 허리가 부드럽게 접혔다. 나머지 한 손은 가슴에 올린 채.

끝났다는 인사였다.

"경호야, 진행 안 하냐?"

번쩍 정신을 차린 경호가 입가를 훔쳤다.

"후릅."

나머지 녀석들도 마찬가지였다.

"녀석들아. 입 닫아라. 파리 들어간다."

'이런 망신이.'

이런 걸 본 적이 있어야 내성이 생기지.

하지만 정신을 차린 녀석들이 입을 닫고, 시키지도 않았는데, 박수를 치기 시작했다.

"앵콜! 앵콜!"

사태를 진정시켜야 할 경호마저도 앙코르를 외치고 있었으니, 지금의 분위기를 말로 설명할 필요가 있으랴!

'상태를 보고해야지. 지금도 이마에 땀이 고여 있구만. 어쩔 수 없군. 강제 진행이다.'

"주목!"

내 목소리가 강당의 끝까지 퍼져 나갔다.

"우!"

한 녀석을 주목하며 불러내었다.

"너. 나와."

"네, 선배님."

"지붕에 올라가서 학회장들 일 잘하고 있는지 감시해라.
위에 있는 놈 내려오라고 하고."

"네?"

"당장!"

놈이 죽을상을 지으면서 밖으로 나갔다.

"또 가고 싶은 녀석은 야유해라. 빈자리 많으니까."

야유와 앙코르 소리가 쏙 들어갔다.

경호에게서 마이크를 건네받았다.

다소 강압적인 진행이 이어졌다.

"일 번 올빼미 나온다."

군대를 다녀오지 않은 녀석들이 알 리가 있나?

그래도 눈치 있는 몇몇이 첫 번째 순번의 옆구리를 쿡쿡
찔렀다.

녀석이 부리나케 튀어나왔다.

"동작 봐라. 복명복창 안 하지?"

"일, 일 번 올빼미."

"어허, 옥상으로 가고 싶나?"

"아, 아닙니다."

"들어간다."

후다다닥.

"일 번 올빼미."

"네, 일 번 올빼미!"

이번에는 '미' 소리가 끝나기 전에 자리에 섰다.

"목소리 그것밖에 안 되나? 앉아. 일어서."

병영의 흔한 얼차려지만, 그걸 시킨다고 한다는 것이 웃겼던 모양이다.

현주와 몇몇이 큭큭 대며 웃었다.

물론 그걸 당하는 일 번 올빼미는 초긴장 상태지만 말이다.

몇 차례의 '앉아 일어서'가 끝난 후 다시 물었다.

"목소리 그것밖에 안 되나?"

"아닙니다!"

강당이 쩌렁쩌렁 울렸다.

"전방에 5초간 함성한다. 시작!"

평소 군대에서 행해지는 발성을 시작으로 자리가 정돈되어 갔다.

"노래 일발 장전."

"노래 일발 장전!"

"발사."

"발사!"

그 말을 끝으로 다시 경호에게 마이크를 넘겼다.

일번으로 나온 녀석은 제 역할을 충분히 했다.

지르박 박자에 맞춰서 트로트를 부르면서 심사위원들에게 충분히 매력을 어필했다.

심사위원들에게 윙크까지 날리면서 말이다.

'생긴 건 우락부락한 놈이. 제법 하네.'

평점 7.5

미현만 4점을 주고, 나머지 4명은 상당히 고득점을 주었다.

박수를 받으며, 녀석이 자리를 물러났다.

경호가 진행을 계속했다.

"이 번 올빼미."

내가 한 것에 약간의 애드리브를 섞으면서 분위기를 부드럽게 만들었다.

아까 옥상으로 올라갔던 녀석이 내려와 말했다.

"선배님, 학회장 선배들 기절했습니다."

학생회장은 무리한 제설 작업으로 정신이 오락가락하는 상황이었다.

성훈의 목소리가 들려왔다.

"쯧쯧. 이렇게 약해서 무슨 일을 하겠다고. 나약한 녀석들."

회장의 감은 눈이 꿈틀거렸다.

'오전 10시부터 12시간 동안 쉬지도 못하고 눈을 쓸었다고. 크흑.'

1학년 과대의 목소리가 들렸다.

"선배님, 저희가 눈 쓸겠습니다."

기특한 모습이었지만, 성훈은 다른 지시를 했다.

"됐어. 한 시간마다 올라와서 소금이나 뿌려라."

"네? 소금을 뿌리라고요?"

"응. 염화칼슘이 있으면 좋겠지만, 소금도 비슷하게 눈을 녹이니까. 한 시간마다 빼먹지 말고 뿌려. 눈 녹으면 자연히 흘러내릴 거야."

과대가 물었다.

"선배님, 그럼 애초부터 소금을 뿌리면 됐을 거 아닙니까?"

회장은 반쯤 기절한 상태에서도 이유를 알고 싶었다.

'질문 잘했다. 도대체 왜?'

"소금이 남아도냐? 얼마나 눈이 올지도 모르는데. 저것들한테는 소금도 아까워."

성훈이 말을 이었다.

"저것들 따뜻한 곳에 처박아 둬. 좀 있다가 눈 뜨면 다시 눈 쓸게 해야 하니까. 군기가 빠져가지고."

내일 아침에 있을 중노동을 생각하는 것인가?

학생회장의 몸이 부르르 떨렸다.

'젠장. 더러운 놈한테 걸렸다.'

다시 들어가니 아직도 흥겨운 분위기였다.

후배 하나가 말했다.

"좀 있으면 선배님 차례십니다."

"요즘 무슨 노래 유행하냐?"

"선배님, 완전 공부만 하셨나 봅니다."

'크크, 그게 아니다. 이 녀석아.'

아직 나오지도 않은 걸 부르면, 나 작살난다고. 십몇 년 전에 어떤 노래가 유행했는지, 무슨 수로 기억을 할 것인가?

'참. 어이없는 곳에서 조심을 해야 하네.'

이번 삶에서는 한동안 공부만 했고, 방학 때는 외국 나가기 바빴으니, 국내 음악 차트는 나와는 거리가 멀었다.

"'Here I Stand For You'라는 노래 아냐?"

모른다고 하면, 외국 팝송이라고 할 마음의 준비를 하고 말이다.

"'넥스트' 노래잖아요. 저 그 노래 굉장히 좋아합니다."

다행이다. 나온 노래라서.

"그렇게 유명하지 않았을 텐데, 용케 아네."

"제가 과 내 그룹사운드 동아리 회장입니다."

"우리 과에 그런 게 있었어?"

"헤헤, 비공식입니다. 제가 음악에 미쳤거든요."

"그럼 건축과는 뭐 하러 들어왔냐? 음대로 갈 것이지."

"제 마음에 쏙 드는 음악당 하나 만들고 싶어서요."

참. 대단한 배짱이 아니질 않나!

작은 꿈 하나 간직하고 세상을 살다 보면, 기나긴 인생에서 그것 하나 정도는 이루지 않을까?

'문제는 그 꿈 하나가 없다는 거지.'

너무 기특해서 녀석의 머리를 쓰다듬었다.

"그래, 좋은 꿈이다. 잘해봐라."

몇 차례가 지나가고, 녀석이 말했다.

"이제 선배님 차례이십니다."

이번 삶에 처음으로 불러보는 열창이었다.

김동률의 소풍이야, 이런 노래가 아니지 않던가.

'아, 오랜만에 목 풀었네.'

점수는 8.0을 받았다.

'젠장 할! 성미현. 0점을 주다니.'

다른 녀석들에게는 그래도 5점은 주더니.

미현이 나를 골려대듯 보면서 웃었다.

'아오, 약 올라.'

자리로 돌아오자, 아까의 녀석이 맥주 한 잔을 들이밀었다. 이름은 청수라고 했던가?

"선배님, 목청 죽이십니다."

'내 목소리가 크기는 하지.'

"음성도 매력이 있으십니다."

"그런데?"

왜 갑자기 이렇게 칭찬을 하는 거지?

음악당이라도 하나 설계해 주랴?

"부탁이 있습니다. 선배님."

갑자기 부탁이라니, 녀석을 돌아봤다.

"무슨 부탁?"

녀석은 제법 진지했다.

"저희 그룹사운드 보컬 좀 맡아주시면 안 됩니까?"

일언지하에 거절했다.

"됐다. 일없다."

그 일 아니라도 바빠 죽겠는데, 무슨 보컬은.

"선배님……."

"자꾸 그러면 너도 옥상으로 올려보낸다."

"그래도 한 번 고려를……."

"쓰읍!"
녀석의 입이 툭 튀어나왔다.

"선배님, 큰일 났습니다."
문이 벌컥 열리더니, 후배들이 뛰어 들어왔다.
옥상에 소금을 뿌리러 올라갔던 녀석들이었다.
"뭔데, 이렇게 호들갑이냐?"
"저쪽 펜션이 이상합니다. 소리도 나고."
"뭐?"
언젠가 올 것이라고 생각했다.
"나가 보자."

to be continued